纪念李尔重同志诞辰一百周年

落红馆文丛

存照集

CUNZHAO JI

李尔重 著

武汉出版社
WUHAN PUBLISHING HOUSE

(鄂)新登字08号
图书在版编目(CIP)数据
存照集/李尔重著.—武汉:武汉出版社,2012.6
(落红馆文丛)
ISBN 978-7-5430-7075-2
Ⅰ.①存… Ⅱ.①李… Ⅲ.①杂文集-中国-当代
Ⅳ.①I267.1
中国版本图书馆CIP数据核字(2012)第128046号

著　　者:李尔重
责任编辑:张建平
封面设计:沈力夫
出　　版:武汉出版社
社　　址:武汉市江汉区新华下路103号　　邮　　编:430015
电　　话:(027)85606403　85600625
http://www.whcbs.com　　E-mail:zbs@whcbs.com
印　　刷:武汉市首壹印务有限公司　　经　　销:新华书店
开　　本:880mm×1230mm　1/32
印　　张:4.625　　字数:110千字　　插　页:5
版　　次:2012年6月第1版　2012年6月第1次印刷
定　　价:15.00元

1935年李尔重在日本留学。

20世纪60年代初李尔重与夫人宋晓非合影。

20世纪50年代李尔重（左三）、王任重（右一）陪同毛泽东主席视察武汉一纱厂。

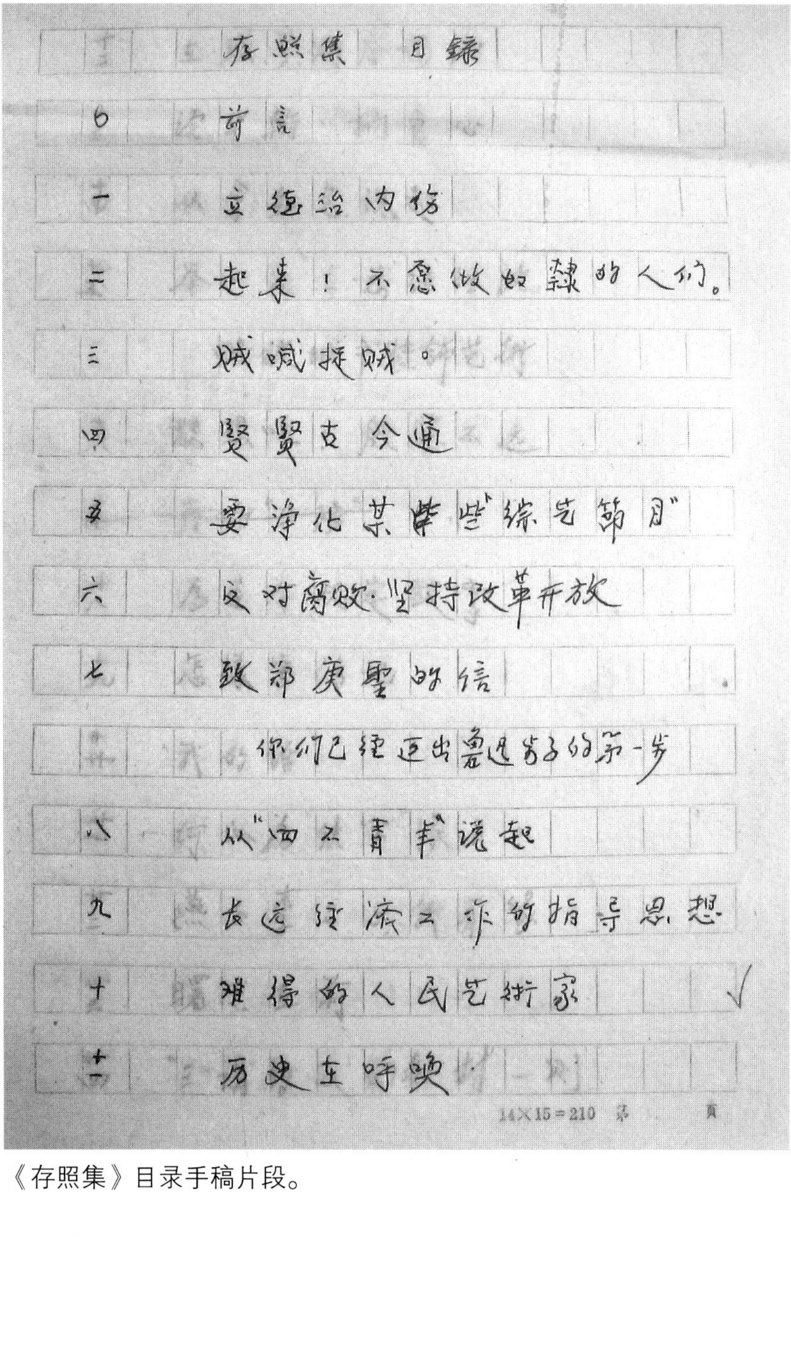

存照集 目錄

0 前言

一 立德治内伤

二 起来！不愿做奴隶的人们。

三 贼喊捉贼。

四 贤愚古今通

五 要净化某些"综艺节目"

六 反对腐败·坚持改革开放

七 致郑庚圣的信

你们已经迈出鲁迅学子的第一步

八 从"四不青年"说起

九 长远经济工作的指导思想

十 难得的人民艺术家

十一 历史在呼唤

14×15=210 第 页

《存照集》目录手稿片段。

目 录

前 言

这些文字，多属纪实，也就是立“字”存照之意。

总想抓一些实际问题，说一些道理，增加自己一些认识，或者对别人也有点参考价值，于是集拢了这些文字。

仔细一想，又有点怕：自己的说理不周，不准，不切实际。

我想了一下，实践是检验真理的唯一标准，我的话经得住实践检验么？这的确是个问题。

实践检验真理，这是大家公认的；实践出真知，也是大家公认的。我认为把真知抓到手里并不那么容易。

实践天天在出真知，可是实践并不主动地把真知摊在人们面前，请人们把住真知以处事。比如说农民起义吧，这种实践反复了两千多年，一直到太平天国和义和团的轰轰烈烈的运动，人们也没有认清其中“被压迫的农民必须推翻封建地主阶级，建立人民民主专政的民主政权”这样一个真理，相反囿于用好皇帝代替坏皇帝的想法，一次又一次地走向失败。20 世纪五四运动后，产生了中国共产党，才明确了：在共产党领导下，以工农联盟为基础团结一切求解放的人民，推倒三座大山，建立人民民主专政的政权，才能解放人民自己。这是用了两千多年时间检验出来，在正确思想指导下，才被人们认识了的真理。

人民民主专政（前苏联叫无产阶级专政，与人民民主专政是一回事)成立之后,要逐步消除旧的传统意识形态,移风易俗,建设公有制的现代化的经济基础。党和人民迎着大量的新矛盾,探索前进。有许多真理被把握了,便创造出目前与长远利益相结合的成果;有许多事物的内在本质,我们没有把握住,不可避免地要继续探索前进,在前进中经受着错误与挫折的磨砺。掌握了真理后的步步胜利,这是人们喜欢的。在没有掌握真理之前的探索,经历错误与失败的磨砺,也是前进过程的必经之路,或者说是走向真理的必经之路。经不起这种考验而却步不前,也不能把握实践给出的真知。

真理总是在与谬误的斗争中产生,真理总是在与谬误的斗争中不断前进与发展的。

能否把握真理,是主观能动性与客观事物的矛盾运动。客观事物作用于人的眼、耳、鼻、舌、身,便触动主观能动性,便产生了思想,思想便考问事物的发生、发展,存在的缘由。没有正确的哲学思想指导的思想,不能把握真理;没有审慎、周密、刻苦的思维也不可能运用马克思主义哲学。理论与实践的统一运动,理性认识与感性认识的统一运动,乃是主观能动性与客观存在性的矛盾运动,在这个运动中产生真理。懒汉不行,单凭感性知识办事也不行。

说到这里,我可以对这本杂文给个评价:它可能有错误,以促成正确的认识;它可作为立“字”存照,做未来者思考的资料。

于落红馆

2005 年 3 月 5 日

立德治内伤

鄢烈山先生这篇文章，又是一篇为呼吁重视教育与老师的警示文。他悲叹教师的实际地位的下降，并未因“教育法”、“教师法”的出笼而改善；当前教师并未成为知识分子就业的热门，人们羡慕的是“老板”称号。这种情况不加以改变，所谓提高教育质量，提高文化素质，都会落空。

这篇文章于立法之外，提出了需要改变社会风气，才能落实“法”与“号召”的意见。所引某法律专家的看法是值得我们深思的：“当今社会现有秩序尚不具有潜移默化的教化力量，或社会本身的秩序形成的是与正式法律相悖的另一种教化，养成的是另一种习性……即使运用了更大的国家强制力，法律也仍然会受到抵制，无法真正进入社会，而往往是停留在字句上。”

其实，这并不是创新的见解。中国有名的法家商鞅，立法的原则是：“导之以德、齐之以法。”管子的原则是：“礼义廉耻，国之四维，四维不张，国乃灭亡。”道德是社会意识的综合体现，又是维系特定社会存在的支柱，伤风败德的社会，是不能存在的。荀子说：“法不能自立，类不能独行，得其人则存，失其人则亡。”最为确切。

起来！不愿做奴隶的人们

我是一个老兵。我以万分愤慨之情，抗议美帝为首的北约轰炸中华人民共和国驻南斯拉夫联盟大使馆，并造成一批人员伤亡和馆舍财产损失。这是美帝有预谋的挑衅，是历史上罕见的卑鄙、野蛮、残忍的行为，是对我国主权的狂妄侵犯。

帝国主义就是战争、就是侵略。他们喊的“人道”、“公平”，都是骗人的。对豺狼不能抱任何幻想，这是历史多次证明了的。我衷心拥护中国政府的严正声明。全国人民正在化悲愤为力量，自尊、自信、自强，加强国家建设，加强国防建设。

同胞们，美帝独霸全球的野心和侵略不会停止，21 世纪是一个与霸权主义者决斗的世纪。

我沉痛悼念忠于职守、勇敢献身的邵云环、许杏虎、朱颖烈士，愿我们继承他们的高尚品德，做好各项工作，搞好“三讲”，反对腐败，以慰英灵。

我诚挚地慰问在战火中负伤的同志们，祝他们早日康复。

我向中国驻南大使馆的全体人员及驻南新闻工作者致敬，你们以战士的豪气，在硝烟炮火中，挺胸拔背与南斯拉夫人民一道，捍卫人间正义，捍卫世界和平。

我向死难烈士的家属，致以亲切的慰问。

1999.5.11

贼喊捉贼

1999年6月27日,《长江日报》报道:美国悬赏500万美元,通缉包括南联盟总统米洛舍维奇在内的“战犯”。

新闻天天有,怪事今年多。

社会上常用“贼喊捉贼”的话,讽刺那些本身是贼装成好人喊“捉贼”的痞子。对于美帝来说,这是远远不够分量的。希特勒、东条英机之流对外侵略,却还在脸上挂一块遮羞布,他们还没有像美帝疯狂到这种程度:公开侵略,杀人越货,本身是赤裸裸的战争罪犯,反而把被侵略者说成“战犯”,悬赏通缉。它竟敢把侵略当公理,把无耻当光荣,它向全世界的公理和人民宣战了。

起来,不愿做奴隶的人们!捍卫人间正义、公理、和平、发展、独立、民主、自由。

美帝是有史以来最凶恶,最无耻的帝国主义。它已经疯狂到了不死亡不停止战争行为的地步。有理性的人们,不可对它抱任何幻想,它的牙齿已经咬遍了全世界。

狼来了,莫做东郭先生。只有做景阳岗上的武松,做敢于捉鬼的宋定伯,把害人狼置之死地,才有光明的天地。

贤贤古今通

我看了《炎黄文化》一九九八年九月号载有钱茂清先生收集的古人抗贿诗四首，其中一首《金绳铁矩》写的是：清康熙年间，有“天下第一清官”之称的张伯行，任福建巡抚，到任伊始，多人携礼求拜，名曰祝贺，实为攀附高枝追求前程，被他一一谢绝。为了杜绝这些纷至沓来的“贺客”，他在府门旁，贴了一纸《禁止馈送檄》。文曰：

“一丝一粒，我之名节，一厘一毫，民之膏脂。宽一分，民受赐不止一分；取一文，我为人不值一文。虽交际之常，廉耻实伤，倘非不义之财，此物何来？”

我很欣赏：“取一文，我为人不值一文。”

吴天祥同志的模范言行中，也有一句名言：“我要你一分钱，我就不值一分钱。”可见古今廉政之贤者，其思想境界是一脉相通又一脉相承的。

张伯行拒贿文明示：(一)行贿送礼的钱，并非送礼者的私财，乃是“民之脂膏”。(二)不收贿礼，乃是裕民之道，“宽一分，民受赐不止一分”。(三)行贿送礼者常曰“礼轻义重，不必拘泥”。而张伯行则说：“虽云交际之常，廉耻实伤”。认为这是伤风败俗的行为。

我希望各级机关门前，都能贴上这样一张檄文。

要净化某些“综艺节目”

1999年6月19日,《长江日报》第八版载张传林先生文《警钟已经响起》,批判了综艺节目“快乐大本营”及其同族“快乐星期天”、“快乐总动员”、“非常快乐”、“假日总动员”、“开心假期”等,他说:“我们的综艺节目也应该健康一点,有文化品位点,不要一味地搞笑,更不要一味地模仿和抄袭。”文中还惋惜地点出了侯耀文先生在表演这类节目时将腿摔成三截的惨相,介绍了上海对“快乐总动员”的“封杀”。文章要求“努力创作有思想有新意的节目。”

这是一篇难得的逆流而上的顶风文章。

“笑一笑、十年少”、“人生行乐耳”,可能是那些制造“欢乐”的“大导们”的理论根据。

时下综艺节目为了媚俗,不惜表演低级下流节目,制造可悲的“欢乐”,在灵魂深处是有其理论根据的,那就是“人性论”、“艺术自由不能受政治的束缚,应该自由奔放”。

其实,这都是骗人的鬼话。

林黛玉不会去爱焦大者流,是颠扑不破的实际,也就是现实的政治。那些手握大把黄金的人物,最不愿听或看“严肃的”艺术,那些大导们,大师们热衷于不受政治束缚制造“欢乐”,说穿了也不过是阿堵城中甘做黄金奴隶,为那些脑满肠肥的“大众”制造“富于刺激性”的欢乐曲。但这不是人民的需要,不是人民的艺术,乃是黄金锁子下的“艺术”。

好莱坞是为世界制造这种政治与艺术的大本营。垄断财团需要制造这种“欢乐曲”，以便把被压迫被剥削的人民引向腐化堕落，远离自求解放的正路。他们要输出的文化也正是这些。我们国内的腐败势力也需要这种“刺激”，那些要傍大款，捞油水的“理论家”、“艺术家”们也就是乘时而出，乘机而上了。

这种潮涌，绝不是社会主义的福音，更不是人民的福音。

反对腐败　坚持改革开放

有人斩钉截铁地断定:国营企业搞不好,只有私有化才能发挥人的积极性,搞好现代化。

这种论断,怕是不对。

原始公社里的人打来野物,收来谷物,都是自觉地均分享用。生产力发达之后,有剩余产品,人类社会才产生了剥削的阶级关系。资本主义创造了人类有史以来的最大生产力,也发展了人类有史以来最残酷的剥削与被剥削的阶级关系。

共产主义之不是空想,就是要在消灭阶级,消灭私有制,消灭剥削的条件下,继承资本主义生产条件的基础上,极大地发展生产力,以满足人们的精神文明与物质文明的需要。

人之初,既不是"性本私",也不是"性本公",历史已经摆明了的。

斥"私"才能发展"公",最后消灭"公"与"私"的矛盾存在。

北京西站的事,以及种种腐败的事,都是私欲膨胀的产物。"一手软"绝对搞不好改革开放,搞不好社会主义现代化。党中央之所以大抓反腐败,打击走私,扫黄打非,并不是要以此代替或干扰经济建设为中心和改革开放,正为了保护其健康发展。

你们已经迈出鲁迅步子的第一步

庚圣同志：

谢谢你们给了我一本《鲁迅风》，其价值当然比刊物要高得多。在这天高日暖，灵魂阴冷的岁月里，又迎来了一位愿意把鲁迅精神创造新史的志士，这是国家之大幸。一个来日苦短的老年人怎能不高兴？

研究鲁迅是为了继承鲁迅未竟的事业，接力前进，这是一件十分严肃，十分光荣，又十分艰难的事，不是“戏说”，也不是“赞颂”能代替得了的。鲁迅的前期处于“彷徨”、“呐喊”的境地，他明晰地看到了旧社会的腐败在摧残着民族的命运，他以旧民主主义的态度立志要割除这腐朽的毒瘤。他看到了辛亥革命后的一切，皇帝走了，总统来了，“咸与维新”的人物还是赵太爷和假洋鬼子，他心凉了，他继续揭旧社会的疮疤。他还不知道如何才能使中华民族脱胎换骨。只有到了他学到了马克思主义时他才能够做到“过去看不清的许多事，一看就明白了”(《二心集》)。以后的战斗，特别是一九三一年以后的战斗，已是辨症施治的战斗了。他把全身心寄托在党及其领导的人民身上了。与周扬、徐懋庸的斗争是内部的斗争；与蒋介石的斗争是敌我的斗争。鲁迅在这双重斗争中，摆开马步，左右开弓，不惜生命，毫无惧怯，显示了“最硬的骨头”——中华民族的脊梁。这骨头有文天祥等古圣先贤的骨质，又有古圣先贤所不可比拟的骨质:无产阶级的爱国主义与国际主义的统一,依靠党与人民创造崭新一代历史的品格。

不论前期后期,他都能“直面”历史,“解剖自己胜于解剖别人”。解剖自己,是正己的功夫。每个人身上都背着“因袭的闸门”,即旧社会加在我们身上的腐败思想的习惯势力,不冲破这个禁锢,谈不到正己。阿Q精神胜利法是最厉害的压力。君不见一连串大的、小的干部,在“黄金妄掌人荣辱”的世态中倒下去了。他们不是不懂法,是在钱权色的诱惑下,灵魂被夺走了,连肉体一并出卖了。同志们想一想:能在一万元、十万元、百万元面前挺胸拔背、拒之门外的硬汉子,有多少人?接受这类“礼品”,以“我决不会为此倒下”安慰自己的人,还谈得上“直面”解剖自己吗?还能对自己有个正确估价吗?如果连这一点都办不到,“直面”认识历史,批判历史,还能做到吗?

直面人生不等于认识历史,树立正确的世界观、人生观、价值观、审美观,才能指导自己沿着正确道路,实践历史赋予的任务。在这里,需要掌握前进的武器,学习马克思主义。正确认识了历史和历史赋予的任务,就要勇于实践,把历史推向光明,做一个革命的战士。鲁迅就是这样做的,他不怕风险,不计得失,不怕牺牲,勇往向前,在敌人围剿中,鲁迅成了一位不记名的共产主义战士,“中国文化革命的主将”。(毛泽东《新民主主义论》)

鲁迅“不但是伟大的文学家,而且是伟大的思想家和伟大的革命家。……鲁迅是在文化战线上,代表全民族的大多数,向着敌人冲锋陷阵的最正确,最勇敢,最坚决,最忠实,最热忱的空前的民族英雄。鲁迅的方向,就是中华民族新文化的方向。”(毛泽东《新民主主义论》)

弘扬鲁迅精神就是要遵循鲁迅的品格,做一位与时代逆流奋战,捍卫社会主义的伟大事业的战士。愿有志者共勉。

从“四不青年”说起

深圳的大量土地被高价征用，一批农民“洗脚上田”成了暴发户，接着便生了一批“四不青年”：不读书，不做工，不务农，不经商；专靠土地补偿，房屋租售，集体分红，投资股票等收入，搞吃喝玩乐。社会学家引以为忧：“千万不要富了爹妈、误了子孙！”

“四不青年”之可忧是显而易见的。我想谈一谈与此类似而为害更深的问题，那就是甘做黄金奴隶，不愿深耕教育事业的族类。

钱、权、色的诱惑力是巨大的，上钩与否却是自愿的。自愿与不愿是场尖锐的斗争，是两种人生观、世界观的尖锐斗争。人们之所以看重捞钱，是因为钱可以买权，又使权成为捞钱的工具。捞钱的办法是“下海”，用尽巧言令色、利口献媚等一切解数，在市场中争头筹。在这个竞争中有数不完的纵横捭阖、左右逢源的招数。这门学问是复杂的，是败德的，属于“灵魂工程师”族们滚进这个漩涡，不向大款低头，不向黄金锁子低头是不行的。

“下海”是合法的，对于被称为“灵魂工程师”的文化人来说则是败德的。傍大款，拜金银之风刮进学府，搅乱了研究学业的清思，还谈什么弘扬中华民族文化优良传统？还谈什么以我为主吸收世界文化的精华？此风不革，又何怪乎“四不青年”萌发！

长远经济工作的指导思想

《人民日报》评论中指出:"我们要的速度是实实在在,没有水分的速度,是协调发展、讲求质量效益的速度。""质量效益上不去,即使速度一时上去了,最终也会掉下来。要坚持速度、结构、质量和效益的统一。这样才会避免出现泡沫经济,给国民经济和人民财产带来无法挽回的损失。"今年的经济工作应该本着这个精神做,长期的经济工作也应该这样做。我们不是靠泡沫指数造假政绩求自我精神安慰的。

评论中提出"我国的高新技术产业在国民经济中所占的比例还较小","我国能在国际市场上具有举足轻重地位的大型企业还不多,多数企业抗击市场风险的能力还较弱。"在当前市场风险中,各国都在大力采取措施,保护本国产品外销,减少外国产品输入,我国在出口方面受到很大的压力。缺乏足够的竞争力量,根本原因就是评论中所指出的那两条:靠劳动密集型低技术含量的产品,与科技密集型高技术含量的产品在世界市场上竞争是难以取胜的。故要提高经济的效益,就要"把握好投资方向,坚决制止新的重复建设"。有一股"急功近利"的习惯势力,很不易改变。一个地区的主官,一任不过5年,再任才得10年,抓重复建设,可以在产值数量的增长上,立竿见影,政绩指数提高,便能为再任创造条件;因此往往忽视经济工作中的质量与效益,也就抓不正投资方向。

总之,要认真学习和领会中央经济工作会议的精神,在中央指示下开拓创新。唱旧歌、走老路,无论如何也闯不出新局面。

难得的人民艺术家

我与元彤同志交往的时间不多，他给我留下的印象很深：作风上朴实无华，艺术上执着钻研。他不求名利的品德，可以规物范风。

元彤同志的表演示范，积累了丰富的经验，并没有止步不前；他有丰富的经验，经过咀嚼深化，上升为理性知识。他的授课，不止于根据程式说戏，而以理论分析程式对应表述的神韵，使程式成为表述神韵的艺术手段，从而使固有的程式，在不同演员的体会中，加上个人的创造发挥，不断创新发展。

这可以从他排练《奇双会》中得到印证——《奇双会》里“写状”一折的剧情是很复杂的，有少年夫妻的谐谑，有两个人的悲惨身世的苦痛，有桂枝大胆放开罪犯父亲与赵宠害怕丢官的恐惧与恼怒，如何把这些情节如实地表现出来又适节中度，这是非常不容易的。有的演员不大理解这个，过分夸张了夫妻谐谑，便容易庸俗化；过分夸张了身世悲惨，过重地铸成夫妻相依为命之情，则很难转入夫妻冲突。元彤同志排练这出戏，注意了几种情节的关系与节度，使情感的转化自然，可纵可收，从而产生了极强的艺术魅力。

迄今，在保持并弘扬中国戏剧的优良传统的基础上，遵循梅先生倡导的“移步而不换形”的原则，吸收西洋戏剧之长，增加中国戏剧的艺术魅力，还在探索之中。元彤同志正是在这种孜孜不倦的探索之际，匆匆离我们而去，这实在是令人万分遗憾的事。

元彤同志走了，但他的业绩永在，他的孜孜不倦地为人民艺术奉献的精神永在，人们会深情地怀念这位对戏曲事业做出过突出贡献的艺术家。

历史在呼唤

1999 年 3 月 5 日《湖北日报》载文《才出昆仑水就浑》，指出一些年轻干部到了官位上，屡屡在钱权色面前犯罪，提议领导上要加强监督并使监督规范化，同时加强思想教育，以免这类腐败行为滋蔓。

明知贪污受贿，嫖娼养姘头等是犯罪的，他们却敢以身试法，而且前赴后继。到底是什么原因？

于今，不但企业的法人代表有人权、财权、管理权、经营权之便，就连许多机关干部掌握的权，也随时可以化为商品。至于像《子夜》里的商人为了赚钱不惜让女儿“献身”刺探行情的事，更属平常。我们的干部都处在钱权色的大力诱惑和进攻之中，这一点和战争年代是截然不同的。只要一动心，就可以以权卖钱或渔色，也可以钱、色买权。直白的贪污受贿是犯罪，那些以“灰色”形式出现的贪污受贿，简直是法律条文上无法界定的。

湛江市的党与政，不是成为了走私团伙的“卫士”？在农村，挂着乡人民政府的牌子变成“祝家庄”的，只有一个两个么？

中纪委要求党员自律的规定很严格，贪污受贿 2000 元以上的就要受处分，直至开除党籍。冷静地想一想，如果把灰色收入也算在内，6000 万党员中能有多少不受处分，该有多少人被开除出党？

讲学习、讲政治、讲正气的模范应该是党员。

邓小平理论、基本路线、中央的良好决策，要贯彻落实，根本的保障在于：把党建设好。

“在山泉水清，出山泉水浊”。并不是水自为浊，而是污染为浊。若要水不浊，必须正本清源。加强党的建设是正本，彻底清除污浊是清源，没有前者，清源也做不到；没有后者，党也不可能砥柱中流。黄河的源头在青海，本来是清澈可爱的，如今，那生态环境被严重破坏了，水土严重流失，沙化面积日益增大，黄河的源头和下游一样地污浊了。

治理环境，要正本清源，治理社会犯罪，也必须正本清源。党正天心顺，官清民自安。社会主义要兴旺发达，长治久安，必须把6000万党员的党性素质提高，筑成一座捍卫江山的新长城。

这是要极大的决心，付出比战争年代更大的努力才能办到的。历史已在向我们呼唤。

在咸亨酒店喝酒

我两进咸亨酒店喝老酒。第一次，大概是 20 世纪 80 年代末，我与酒友老烈一同去的。那时，咸亨酒店未大改造，卖的酒是用大碗装的凉酒，一碗四两，外配上一盘五香老蚕豆，凉的。凉菜配凉酒，倒了胃口，我和老烈叹气，觉得不如孔乙己时代了。正在喝闷酒，一位老者径直地坐在了我们对面，可能囊中羞涩，东张西望，没到柜台取酒。我与老烈把一碗未喝的酒和一盘五香蚕豆，推给了老者，老者点头示谢，端碗便喝起来。待我两人把一碗酒喝完，老者也喝完了，起身抿嘴一笑，走了。

我俩非常惬意：无意中遇到了孔乙己族的朋友。我们并不认为他是骗酒喝的。他忠厚憨直，毫不虚饰造作，明白告诉我们：好朋友，谢谢你们的酒。

第二次进咸亨酒店是 90 年代了。酒店后面盖起了堂皇的两层楼，平台上摆着各色花木盆景，室内雅座，尽是上漆的硬木座椅，墙壁上是淡雅的装饰布，壁上挂着几小幅装入玻璃框的装饰画，完全没有咸亨酒店的风土气味了。没有吃上五香蚕豆，喝的却是正宗古越龙山加饭酒。沾了一身洋气走下楼来，品赏门面上保留的咸亨酒店的本色：不加油漆的方桌和板凳，给孔乙己族记账的小黑板挂在侧壁，写的是酒价和菜价，没有孔乙己族的名字了；最引人注意，也是我最关心的是堂屋壁上挂的那幅中堂和两边配的对联，它们还健在，只是纸色更灰谙了。

中堂上写着：

上大人孔乙己高朋满座

化三千七十二玉壶生春

两旁对联写着：

小店名气大

老酒醉人多

我看着，看着，孔乙己拐着腿走过来了，走来了……不见了。

读华翰　扪良心

刘先生的信，揭开了美国的画皮，也揭示了所谓“中国持不同政见者”和“中国异议人士”的丑恶本质是颠覆中华人民共和国。他们不但不关心过去帝国主义肆意蹂躏中国人民时对“人权”、“自由”、“民主”的公然践踏的实际，也不关心帝国主义正在实行的对“人权”、“自由”、“民主”的公然践踏：美日联合防御区公然把我国台湾划在其内；美国舰队过去曾随意侵入台湾海峡，现在也扬言随时侵入；接纳达赖访美，肆意攻击中国没有人权、自由、民主。

刘先生告诫我们的话是中肯的：“事实说明美国不可能恩赐中国自由民主，因为国际之间的关系向来是以强欺弱……中国的民主制度要依靠人民自己在和平环境里，通过政治改革、经济改革逐步完成。在经济不断发展，人民生活安定的条件下，才会享受更多的民主权利。”所以中央一再告诉我们要保持安定团结，在此前提下，坚持改革开放，贯彻党的基本路线。

我希望那些吃着人家残羹剩饭，在人家指挥棒下跳舞的“中国持不同的政见者”、“中国异议人士”，摸摸良心，问问自己是谁家子孙？

附：

旅美华侨刘家骅写给中国“异议人士”的一封公开信

持不同政见者各国都有，不但政党之间有不同的政治观点，甚至家庭之内，也会有父子、母女、夫妻间不同的政治见解。美国两大政党共和党、民主党互为持不同政见者，他们能对骂到祖宗三代，但是遇到有关国家利益的问题时他们却是完全一致的。他们叫做“政党利益不能高过国家利益”。上述那些遭美国政府迫害的黑人及学生未曾跑到国外寻找支持者，或者勾结国外势力“告洋状”，起来推翻美国政府。美国公民入籍宣誓时，都要承认：“效忠于美国政府”。他们懂得，只能在不反对美国政府的前提下，进行争取民主自由平等的活动。逃往国外继续进行反政府活动，是触犯国法的。

中国到国外的部分所谓“民运人士”在世界各地进行反对中国政府的活动，到处演讲、写文章，宣称中国 3 个月内必大乱。3 个月过去了，他们的预言未实现，又说 10 年内必大乱。他们与台湾、西藏等分离主义分子相互勾结，继承国际上那股反共反华势力的“老传统”，在国外并渗透到国内制造麻烦，破坏共和国的民主建设。爱国华侨指责他们是卖国贼时，他们却辩称自己是爱国的。他们说：“不爱共产党领导的中华人民共和国不等于不爱祖国。”他们爱的祖国是一个抽象的中国，也可能是台湾宣称的“一个中国”。

中国的民主制度是依靠人民自己在和平环境里，通过政治改革、经济改革逐步完成。在经济不断发展、人民生活安定的条件下，才会享受到更多的自由民主权利。

（据新华社北京 1998 年 12 月 24 日电）

从拿红包说起

1999年1月7日,《人民日报》载郭振亚先生文《请打一支预防针》,说是“年关是经济犯罪的高潮……”,行贿者行得“理直气壮”,受贿者受得“光明磊落”。因为年节送红包是为“表达亲朋友好之间的诚挚感情”。海南省原东方市委书记戚火贵当农场场长时,第一个春节得了几十个红包,约五万元。后来,官做得大了,年节红包多得不计其数,得钱多少,自己也说不清了;广东省徐闻县原县委书记苏凤娟,五个春节收礼60多万元;哈尔滨原常务副市长朱胜文有几百万元“灰色收入”,其中一部分也来自年关红包……全国有多少干部年关收了多少红包?这是无法统计的,也没有人去统计。

这红包是包上“合法外衣”的行贿受贿,其范围极其深广。为了杜绝这种腐败行为,郭先生提议于年关到来之前打预防针,是有道理的。

其实,“灰色创收”不止于年关才有:剪彩、纪念会、落成典礼、学术研讨会,都有收获的。

“红包”可以买权,买到权就可以获取无可比拟的经济收益。起初送“红包”是个别的,多了,就是个社会问题。“红包”不是红包,是投向社会主义大业的重磅炸弹。

有的人在“红包”投来时说:“不要白不要,大家都在要。”“不吃白不吃，大家都在吃。”先生们、女士们，你参加了“白拿队”和“白吃队”，你便为腐败风助威、推波助澜，社会主义大业受损伤，你也有一份推卸不掉的责任。

举一反三　总结经验

人类文明的发展证明，优秀的建筑物与建设规划，都是实用价值与艺术价值的统一。实用价值已含有人类的目前与长远利益的科学统一。而艺术价值又是满足上述科学统一的不可缺的组成部分。

在建设规划与建筑物方面，注意眼前利益忽视长远利益的事，也是有的。这些年来，环境污染快速地发展，已直接影响着生活与生产，并威胁着将来；在建筑物的艺术价值方面，好像还没有引起应有的注意。建筑专家们只要稍微冷静想一下，一定会从莫斯科地铁的建设中，领会许多我们应该注意解决的问题。

愿建筑专家们举一反三，总结经验，开拓前进。

附：

莫斯科地铁

在这里丝毫没有置身于地下的感觉。地铁车站铺设了几十种大理石，并配以各种灯饰、壁画、雕塑等艺术品，其中一些作品美妙绝伦，令人留连忘返。

莫斯科地铁的建设仅用了 3 年的时间，1935 年 5 月 15 日正式开通。在地铁一期工程开工之前，西方人曾断言，不借助外国地铁建设的经验莫斯科建不成地铁。地铁第一期工程建了两条线，后来建设了第3条、4条线，到1943年5条线全部通车，40年代末出现了各条线路贯穿起来的环线地铁。

莫斯科的地铁现在共有9条线，全长300公里，有150个站台，5000多节车厢。它每天运送900多万名旅客，始发车的最小间隔时间为90秒钟。

莫斯科地铁对俄罗斯20世纪的艺术做出了贡献，例如马雅可夫斯基站和白俄罗斯站堪称20世纪的建筑艺术精品。

时代在前进，莫斯科地铁也在发展。到2000年莫斯科将有14条地铁线，新增加102公里。

专家们研制的新型的地铁列车已经进入最后的试验阶段。它有双层玻璃，中间是真空的，不设气窗，使用了空调器。车厢密封性能极好，无噪音。

车厢里除顶灯外，还设计了便于读书看报的局部光源。在车厢门口安装了报站名的电子显示屏。

摘自《参考消息》

想想吧！殷鉴不远

文化部市场局局长刘玉珠所言，只是“从表层现象看”而已。要是到深层去看看，恐怕就不止于“制黄贩黄”、“色情服务”、“庸俗表演”、“无序运作”而已。而是有股子强大的力量作为这种种表层现象的台基与保护伞。这才是“更深层次的矛盾”所在。试问娱乐业的固定资产 396.9 亿元，是从哪里掏出来的？营业收入 154.9 亿元都用到哪里去了？在这个运作过程中所产生的经济效益全是健康发展社会主义市场经济的效益么？所产生的社会效益全是有益于发展健康的社会主义精神文明么？

企业、机关、工厂、学校，都要科学管理，都要依法治理，如果这“科学管理”与“法”的执行者、监护者没有内在的社会主义灵魂，一切都会失败的。

君不见，承包可以捞钱，破产可以致富，买好门子可以升官，不怕伤风败俗的表演可以成为明星……

文化市场啊，首先是建设社会主义精神文明的场所，即中央一再指示要求的社会效益第一。

附：

文化市场究竟有多大

文化部前不久完成的初步统计，为我们提供了这样一组数字：

截至1997年底，全国文化市场各类经营单位(含娱乐、演出、音像、美术、书刊等)，已达257378家，从业人员116万人，固定资产原值426.7亿元，全年主营营业收入190.8亿元，实现利润税额47.9亿元。其中，娱乐业依然独占鳌头，从业人员、固定资产原值、主营营业收入分别为94万人、396.9亿元、154.9亿元，分别占全行业的81%、93%、81.1%；音像业异军突起，发展迅猛，去年的经营单位、从业人员、全年主营营业收入均比上年增加17%以上，在全行业中稳坐第二把交椅。

如此可观的数字，是否表明我国的文化市场已经很繁荣了呢？文化部市场局局长刘玉珠指出，作此结论为时过早。他认为，我国的文化市场还处于良性趋势与不良现象并存的起步阶段。从表层现象看，仍然存在大量屡禁不止，不容忽视的“老大难”问题：音像市场的制黄贩黄，娱乐市场的色情服务，演出市场的庸俗表演，艺术品市场的无序运作……。此类问题的存在严重干扰着文化市场的健康发展，而要彻底清除也绝非一朝一夕之功。因为在这些问题背后还存在更深层次的矛盾：管理体制严重交叉，法规条例很不健全，市场机制尚不完善，管理队伍整体素质偏低等。

(赵永新)

1998年5月7日《人民日报》

为这个规定鼓掌

在社会保险体系还不完备的条件下，这七项措施是大有补益的。它可以使“优待老年人”的话有个具体着落。

但，世界上最容易办到的事，往往是最难办到的。要把这七项措施落到实处，还必须经过艰苦教育和艰苦斗争。其中，首先是从领导做起，就是领导要真抓，不落实不罢休。

附：

山东省出台优待老年人新规定

山东省政府最近发出《山东省优待老年人规定》，要求自1998年1月1日起，对60岁以上老年人实行如下优待和照顾。

一、老年人不承担义务工，劳动积累工和各种集资。农村70岁以上的老年人免除村提留、乡统筹费。

二、为老年人医疗保健提供优先服务。有条件的地方，应为患慢性病和行动不便的老年人设家庭病床，提供上门服务。

三、老年人凭证进入公园，免购门票。

四、在火车站、汽车站、港口客运站设置“老年人优先购票”的标志。

五、各类服务行业应根据行业特点，对老年人给予优待和照顾。

六、对涉老案件、各级法院要优先受理，优先审理。需要获得律师帮助、又无力支付律师费用的，应给予法律援助。

七、对百岁以上的老年人，每人每月发给不低于50元的长寿补贴金。资金由各级财政负担。

（蒋延庆）

摘自1998年3月11日《中华老年报》

怎样写传记

以董狐笔法写传记是不容易的。

有一种挖苦话，说是“批评会上无好人，追悼会上无坏人”。从表面上看，这话像是对的；从实质上看，这话并不对。批评会上，人们着力于揭短，识昨日之短以求来日之长，貌似“坏”人，其实是人民内部总结经验的方式。在追悼会上，人们怀念逝者生前之优点，以便舍短就长，传承发展。若误解了这个，把立传作为商品，就大不该了。这种行为的带头人可能是蔡邕。蔡邕时代还没兴稿费，却有了“润笔”。蔡邕文笔甚健，能够给权门死去的6岁女孩，写出富丽堂皇的行状，“笔润”自然丰厚。这个传统流传下来，便有人为大款写传或为大款的经营写传；也可以为富有的下九流立传，而名曰某某自传；或辑某富豪丧事的挽联和悼词成书，名之曰“行状”。这当然是阿堵君在起作用。曹丕说的“文人无行，自古皆然”，有些以偏概全。但无行文人却是有的：孟尝君门下食客三千，除了冯驩和几个鸡鸣狗盗之徒，还有谁为他效过力呢？

《彭德怀自述》是最难得的自传，不以个人荣辱得失评天下并品评自己。沈三白的《浮生六记》（现在只残存四记）虽未高喊“打倒封建”，确以喁喁轻拂的语言，描绘恩爱夫妻的坎坷，宣泄了对封建家庭之反抗。郑板桥虽未写自传，但于诗文中表述了封建社会里艺术家在困窘中的悲愤真情，毫不妄自尊大：“大丈夫不能立功天地……而以区区笔墨供人玩好，非俗事而何？”“学书不成，去而学画，日卖百钱，以代耕稼，实救贫困，托名风雅。”

鲁民先生倡用“第三只眼睛”看传记是有道理的，不但看传记应如此，看什么都应如此。如果药品效力真如广告所吹嘘的那般灵验，普天之下哪会有不治之症？

附：

第三只眼睛看“传记”

希特勒的女秘书克里斯塔·施罗德，写了一本回忆录，书中说，希特勒文质彬彬、儒雅可亲，生活俭朴，不近烟酒，“他的知识拓展到文学与科学的几乎所有领域”，“他对文学艺术包括音乐与美术，有相当的天赋与欣赏水平”，“他在女性面前绅士风度十足，有很丰富的人情味”，“他又是一个不倦的工作者，总是工作到深夜……”够了！光看这些描写，希特勒简直就是一个极富“天才”，极具“人情味”，“多才多艺”的旷世“伟人”。墨索里尼的女儿也不甘落后，她在《墨索里尼传》中，把墨氏描绘成一个在壁炉旁边温柔地弹奏钢琴的音乐家，一位在草坪上和孩子亲昵嬉戏的父亲，一位经常向穷人施舍的慈善家……。东条英机的传记我还没有看到，但近来闹得沸沸扬扬的一部为其招魂的电影《自尊——瞬间的回忆》，东条在其中也被塑造成一位慈祥、高雅、正直、善良的和平斗士。

在整个20世纪里，这三人可以说是给全世界带来最大危害的罪魁祸首，然而在传记和回忆录中竟然被美化为多才多艺、富于人情、慈爱善良的正人君子，真是匪夷所思。

当然，像这样厚颜无耻地歪曲事实为传主涂指抹粉、树碑立传的传记，在名人传记中毕竟是少数，可相当部分的传记虽不存在“失真”问题，却存在“失全”问题，也就是说，它让人只看到了对传主有利的一个或几个方面，而不利的方面则被有意巧妙地掩盖住了。所以,我建议:要学会用第三只眼睛看“传记”,既不轻信,也不乱疑,要看出书中未见的一面,看出笔墨背后的内容,不要轻易感动下泪,更不必顶礼膜拜,自惭形秽。

（陈鲁民）

摘自1998年12月4日《湖北日报》

我的话

我相信：一定会有许多人响应号召并诚恳允诺《条例》实施。可我很难知道实际“照办”的有多少。

我是一个久已离职的人，没有去参加实施《条例》情况的调查研究，说不清具体情况。

从入党年号上说，我是一个老党员。想当年，我的政委病中用公款买了一斤猪肉，还挨了批评。常想：一个党员按党员的权利与义务要求自己，就可免去组织操心了。当然，把自修与依靠组织割开是不对的。

我希望：党员都振作起来，用行动，不是用口，实施《条例》。

附：

认真贯彻执行《基层组织工作条例》

中共中央印发的《中国共产党和国家机关基层组织工作条例》是我党历史上第一个全面规范党和国家机关党的基层组织工作的重要法规，是贯彻党的十五大精神，加强和改进机关党的建设工作的指导性文件。

加强机关党的建设是贯彻执行党的路线、方针、政策，胜利实现党的十五大确立的宏伟目标的需要。

加强机关党的建设是建设高素质干部队伍的需要。

加强机关党的建设是深入开展反腐败斗争，加强党风廉政建设的需要。

贯彻实施好《条例》，是当前加强机关党的建设的一件大事，也是推进政府机构改革、完成各项工作任务的重要保证。各级地方党委、机关工委（党委）和部门党组要结合各自的实际情况，认真宣传和贯彻《条例》的精神，提出具体措施和贯彻意见，把这项工作落到实处。

摘自 1998 年 5 月 7 日《人民日报》

何必为“侠客”张目

近日，得读8月14日《武汉晚报》刊马竹先生文《刹一刹帝王之风》。8月15日《长江日报》刊武汉大学人文学院教授、博士生导师易竹贤先生文《本世纪中国十大作家》，有所感。

自秦始皇算起，中国的大皇帝有300左右。每个皇帝都有漂亮的宠物，以及“断袖”之类的佞幸，“戏说”之戏演上百年或几百年是演不完的。制片者可以得到经济效益的。至于“社会效益”四个字，从来在文章与讲演中没有漏掉过。可这抵不得黄金。马先生说对了一半：“悲哀还在于：观众不能人人当台长或什么领导……只好被动接受‘天经地义’。”

我怕是一旦当上台长或什么领导，能抗住这“钱、权、色”三字的诱惑而不变性，十有八九也大不易。

潘金莲一出台，也会有一阵子领“风骚”的。因为蝴蝶女士已有人给她戴上了爱国分子的桂冠。那么，薛涛、苏小小、赛金花、川岛芳子等辈又何尝不可以冠以珠翠，大展风流，以饱一些人的眼福呢。

30年代，好莱坞出了一部《人猿泰山》，那是一部兽性武打片，曾在中国部分人中喧嚷一时。因为那时日本帝国主义的刺刀日日向中国人胸口逼近，爱国主义大潮终于把《人猿泰山》和中国人拍的《火烧红莲寺》之流的邪气给压倒了。到了全面抗战时，这类货色当然更无销路了。

80年代初，拍了一部《少林寺》。这部武打片以少林十二僧保唐王除隋弊为内容，总算还有点为搞好国家而奋斗的意思。这部片子的武打，演的是中国武术真武功。此后，武打的片子，愈上愈多，却愈出愈奇了。

所谓"奇"，表现在：大展武侠义气，"为哥们可以两肋插刀"；大展用现代化拍摄技术武装了的武功，不但能飞，而且有带炸弹威力的气功；这些侠士们一出场总爱带出若干女客，武功与床功并作。不仅是片片雷同，而且是碗碗同味。

对于这些，马竹先生要刹风。1999年9月5日《武汉晚报》的头版刊出"武汉晚报郑重声明"：

"拒绝刊登渲染色情、媚俗、海盗的新闻；"

"拒绝刊登渲染暴力、猎奇、海盗的新闻。"

这是当今十分难得的态度，是注重社会效益，增强社会主义精神文明的态度。不过，我还有点担心：单丝不能成线。

侠客还在层出不穷啊——在书摊上，在屏幕上，在"大文学家"的笔端上。

可也难怪。司马迁写《史记》，专门写了《游侠列传》。他说："要以功见言信，侠客之义又何可少哉！"司马迁受了腐刑，悲愤之极，但他告天不应，求地不灵，大概有点寄希望于侠客为其平冤，才说了这样的话。他不知道：所谓侠客不过是仗势欺人的保镖奴才而已。鲁迅先生曾给黄天霸下了评语："黄天霸投扬州府江都县施老爷，……改名施忠，当了内司，盗贼还怕他几分。"鲁迅哀叹：黄天霸之流，"至今没有穷尽"。

这是三十年代说的话，那时杜月笙、黄金荣摆香堂，一幅赫然大书的标签就是"义气千秋"。他们手下集中了大批流氓杀手，可以不打收条地向工厂、商店、小摊、小贩、妓女等七十二行要钱。杜月笙本人兼职挂衔一百多个，按月领薪水。他们包揽走私、欺行霸市，如有不服，杀手便出面。梅兰芳等到上海演出，不向杜月笙门下朝拜，戏是演不成的。贩毒、走私者给足了钱，他们负责保镖，敢有人拦阻，他们弟兄们便卖命保护，这就是“义气”。

他们为什么能这样“义气”？原来他们背后的靠山是蒋介石。他们帮蒋介石镇压上海工人起义，杀共产党。他们是名副其实的蒋家王朝的保镖。

易竹贤先生大概未弄清这点，北京大学的某中文系教授大概也未弄清这一点。前者把金庸与郭沫若、鲁迅并列座次；后者说：金庸先生做了文学革命。殊不知郭沫若、鲁迅先生纵在泉台之下，也不会与金先生坐在一起谈天的。

既然有不止一位教授捧场，则武侠小说身价十倍，且搬上银屏也就可想而知了。可这是实实在在的“渲染暴力，猎奇诲盗”，败坏社会风气，贻害子孙的勾当。

燕子李三与我有缘

最近，报上说要拍燕子李三的故事片，要显示其轻功绝技等等。我的心为之一动，引起了一段回忆：我与李三曾有过一段佛家说的缘分。

李三有飞檐走壁的轻功，在三十年代，早已传遍了北平。警察把他捉住，绑在汽车上游街示众，也是真的。我亲眼看见警察特意给做了个纸燕子，插在李三的帽沿上。汽车慢慢往前走，李三在车上不断地喊："我是惯偷燕子李三。"这是我第一次看见这位瘦挑，长相平淡无奇的"英雄"。奇怪的是：这位身怀绝技的人，怎么会落到北平那伙笨手笨脚的警察们手里？

1932 年 11 月期间，北平不断失窃，说是燕子李三干的。最巧的是：此时，我与这位有缘分的李三，正一同坐在北平警察局的牢房里。警察局对李三特别"优待"：既带手铐、又带脚镣。

这般情况下李三怎么能出去盗窃呢？有明白人跟我说："李三不但有轻功，而且有缩骨术。手铐脚镣一脱，别看这牢房窗户眼小，那李三转眼就可溜之乎也。

忽然，看牢狱的所长换了，一伙警察也换了。给燕子李三换上了特别的手铐，箍上四十斤的脚镣，五花大绑，把他押到别处去了。

1933 年，我出了牢门，朋友们听我提到李三，随手拿出一张报纸：看看吧！李三的轻功、缩骨术，都给说清楚了！

原来，牢狱所长、警察与李三开了个“合作社”，由他们夜夜拆手铐、开脚镣，放李三出去偷，偷来的东西，共同分配。

李三确有比较高超的盗窃本领，并且他与别的小偷不一样，要偷就偷大户，坏事也就坏在这一点上。

不知道是哪一个大户丢了一个金佛，这大户有权有势，要北平警察局限期破案。那年头的警察局与黑社会是连襟，上面的权势压下来，他不敢不破案，也有办法破案。

警察局长把各路偷儿找来，把大户失金佛情况说明，谁个敢不如实招来？

“这种偷法，除李三之外，我们都干不了！局长！你得相信我们！赶快找李三问话。”

警察局长坐大堂，把刑具摆好，把李三带上堂来，李三为了免遭皮肉之苦，只好把“合作社”的事，一古脑儿地端了出来。

所长罢职丢官，警察被开除，赃物追还原主。

曙光在前

1999年6月21日,《楚天都市报》报道:美国纽约、旧金山,英国伦敦,德国科隆等地于19日暴发了反对资本主义的浪潮,“抨击资本主义给世界带来的严重危机”。

乍看起来,似是偶发的孤立行动,实际上是资本主义内在危机的不断深入发展的结果。这又一次说明了资本主义的不合理性。人类文明应走消灭阶级,消灭剥削,建设人民主宰的世界这一康庄大道。

这个运动的涌动,不自今日始,不会明日终,八月十五的大潮总要到来的。

稍微回头看一看,在以美国为首的北约穷凶极恶地侵略科索沃时,美国、意大利、德国、英国、法国都爆发过反侵略战争的群众运动。日本爆发的反对日美联合防御区的群众运动,其本质也是反对对外侵略的运动。这种运动,在美国侵朝,侵越时都爆发过。这种运动曾使美国士兵厌战反战,使士兵家属在后方反对政府的暴行,最后使美国败北。

与此同时,被侵略被压迫的民族,在全世界各个角落掀起英勇反抗,朝鲜、越南、中国、南斯拉夫、古巴、巴拿马、阿根廷、南非、索马里、黎巴嫩、叙利亚、阿富汗、老挝、伊拉克、埃及……凡是侵略势力所到的地方,无不激起人民的反抗。在人民反抗的浪潮中,霸权主义的精锐武器也挽救不了他们的失败。

霸权主义肆意制造淫靡腐朽的文化，用尽一切媒体，向全世界放毒，摧残人民的健康精神，散布淫、毒、赌、凶杀等堕落、颓废思想，破坏人民的团结向上，以巩固垄断财团的对内统治。同时，霸权主义也用这些精神毒品，毒化第三世界人民，破坏其团结、瓦解其斗志，以利于霸权主义对第三世界的侵略与统治，使之成为殖民地。

这，就是"资本主义给世界带来的严重危机"。

当霸权主义看到东欧剧变。苏联解体时，以美国为首的帝国主义独霸世界的野心，膨胀起来。凡是阻碍他们横行霸道的地方，他们就假借"保卫人权"的名义，施行武力干涉，把"侵略"、"杀人"说成为"人道主义"。

霸权主义及其应声虫的恐吓与欺骗，蒙不住人民的眼睛。

曙光在前，旭日总要升到中天。

"三讲"的反面教材一则

1999年4月24日,《长江日报》第9版刊出稽查特派员揪出"东锅集团"的四大蛀虫。检方指控江仲生涉嫌贪污221.5万元,何允明涉嫌贪污240.5万元,马一中涉嫌贪污221.5万元,程兆峰涉嫌贪污217.5万元。可谓重大贪污案。

此案给我很大启迪。

首先,江仲生戴着"四川省有突出贡献的优秀专家"的桂冠,被捕时任四川省证券监督管理办公室副主任;何允明被捕时任东方锅炉(集团)股份有限公司董事长;马一中被捕时任该公司董事;程兆峰被捕时任该公司副董事长、副总经理。此四人号称"四大精英"。这清楚地说明了一个问题:不是国营企业不能扭亏增盈,而是因为领导集团是蛀虫。国营企业的改造,第一位的工作应是:彻底改造领导班子。只要领导班子是忠于社会主义,坚持廉洁奉公作风,全心全意为人民的,国营企业没有搞不好的。

更使我胆战心惊的是:这四大蛀虫中,江仲生是原任党委书记,何允明是在任党委书记,马一中是党委委员。这样的党委能是执行党的基本路线,坚持四项基本原则的党委么?他们究竟是怎样窃取了党的领导权并成为上级党委眼中的"精英"的?江仲生"优秀专家"桂冠是怎样戴上去的?把这里头的经验与教训严肃地总结出来,就是加强党风建设,使党保持思想、政治、组织上的纯洁性的好教材。如果只是把他们判刑了事,虽有“以儆效尤”的作用,但意义不会很大。

最令人吃惊的是:在严肃的审判台前,原党委书记江仲生辩称:“自己的行为属于投资者炒股……我的行为并没有给国家造成损失,故不构成贪污罪。”在任党委委员马一中辩称:“‘东方锅炉’出现的现象,在其他上市公司也同样出现,这不是贪污。”看! 这是共产党员,党委书记说的话。

这四大蛀虫是“三讲”的生动教材。“三讲”要联系实际,这类实际绝不止“东锅集团”一家。在股票市场上玩弄手法搞贪污的,绝非只此一家。马一中说这种现象“在其他上市公司也同样出现”,作为反面教材,确是一个有益的提示。当股市刚启动,若干公司股票上市时,今天花一元买的一元股票,明天就变十元,十几元不等,有不少机敏的关系人捞上一把,隔日一抛,便发了财;有的有权人一个钱不出,抓一把股票抛出去,赚一大笔,按票面值复原;有的亲朋好友也得到了“送票”,捞上一把。总之,在股票管理不规范时,出现过混水摸鱼者。这是需要查清的,但也可能无法查清了。

长江定会好起来

破坏生态环境所带来的报复，是巨大的。森林覆盖面愈来愈少，水土流失量愈来愈大，沙化面积逐年增加，多种污染逐年增加，污染面愈来愈大。这一切威胁今天，危害后代。在中央领导下，党政军民齐心合力，战胜了今年的特大洪灾，显示了亿万民众移山填海之力。

同时，我们也从长江这条水系中看到了一个问题：洪水总量少于 1954 年，洪水的猛烈大于 1954 年，其原因就是《长江洪水给我们敲响警钟》一文中所指出的各项因素。

从全国看，岂止长江如此！

朱镕基总理大声疾呼：把砍树人变为栽树人。四川省委从 9 月 1 日停止全省砍树。这是明智之举。

为了改变淮河水质，国家禁止淮河两岸工厂排放污水，但河源植被不解决行么？改造长江源头植被，不改变长江污染行么？禁止伐木，不解决山区人民发展生产问题行么？……改变生态环境，是一整套系统工程。许多年来，我们盲目地破坏了生态环境，以至于遭遇今天的报复。

应该下决心：把投资改善生态环境作为搞好现代化生产建设的不可少的组成部分。修修补补，不能解决问题。

这是全国人民应该思考认识，并付诸实践的。

附：

长江洪水给我们敲响警钟

新华社8月19日消息说，长江上游仍在疯狂地大肆砍树。当世界银行组织的14名生态、环保专家考察雅砻江下游的二滩水电站库区生态环境时，见到江面漂浮着上游漂运下来的上万根三四米长，脸盆般粗的木头，密密麻麻地塞满了江面。攀枝花一林业干部说，仅沿江国有森林工业企业今年就至少砍伐了30万立方米的木材，相当于砍光了5万亩原始森林。

水患问题与生态息息相关，而生态问题的关键在于森林。长江流域今年出现1954年以来最严重的水患，再次为环保敲响警钟。天作孽，犹可活；自作孽，不可活。若我们不立即采取措施制止这种自杀行径，那就不只是“长江完了”的问题。

长江源头是野生动物的天堂，80年代，随处可见几十只上百只的大群羚羊奔逐嬉闹，野牦牛悠然自得。而每年几万的偷猎采金分子让这里变成了屠场。到处可见的是动物的累累尸骨。在通天河畔，1986年看到的是绿色的河滩和绿色的草坡。而1994年。绿色全然没有了踪影。通天河北岸形成了一条长达40公里的沙化带。前后也就7年时间，南坡山坡上的草场也在迅速退化，沙丘的形成已不需要多长时间。

长江脏了。人们把她变成了世界上最大的下水道和流动垃圾场。沿江几万个污染源日夜不停地向长江倾泻着肮脏的物质，长江每年接纳的工业和生活污水已近200亿吨。仅攀枝花、重庆、武汉、南京和上海这五大城市排放的污水，在长江干流就形成了累计达500多公里的污染带。

长江丑了。历史上长江流域森林覆盖率曾高达60%～85%，1957年，下降到22%。到1986年只剩下了10%。沱江、涪江、嘉陵江等几条长江主要支流流域的川中53个县，森林覆盖率大多不到3%，其中19个县不足1%。从金沙江到岷江，沿途几百公里河谷的茂密森林已荡然无存。砍光了林又耕种，从山脚一直垦到山顶，流域上下，到处是连片的光山秃岭。

长江浑了。植被破坏的结果，必然是水土流失加剧，河流泥沙含量增加，水旱灾害加剧。1957年长江流域水土流失面积36.38万平方公里，占流域总面积的20.2%。到1986年，水土流失面积增加了一倍多，达到73.94万平方公里。就水土流失量而言，长江早已超过了黄河。

长江萎缩了。长江中下游发育着我国最大的淡水湖群，洞庭湖在1949年总面积为4350平方公里，经过35年的泥沙淤积和围湖造田，到1984年面积和湖容缩减了一半以上。湖北素称“千湖之省”，1949年，全省有1066个面积在0.5平方公里以上的湖泊，到了1977年，只剩下326个，1985年，只有192个，损失面积达6000平方公里。

刘端用摘自《冰点’98》一书

捍卫科学的勇士

司马南先生已出过书,用事实揭开了许多“大师”们的装神弄鬼的谜底。也有人反驳他,但拿不出实证来。那些说“气功”能治癌,发功可以使小麦增产的“大师”们,拿不出一件经过科学检验的成果。至于“特异功能”,也一样没有经过科学验证的实际。炒家们都以“前科学”为盾牌,掩护其虚伪欺诈。

“前科学”的事物是大量的客观存在。在人们眼里,好像科学已经发达到了不得了的程度。其实,任何科学界定也经不住问三个“为什么”的考验。水是什么构成的?答曰:由氢二氧一化合而成。氢二氧一化合成水,为什么不成为石头或其他?连爱因斯坦恐怕也答不出来。

三个“为什么”外的问题,都是有待无限代以后的人去解决的“前科学”。“生也有涯,知也无涯”是客观规律。事物的发展无止境,科学家要研究解决的问题也无止境,这是追逐“前科学”的永恒任务。

发功可以去痣,发功可以取瓶中之药,发功后眼皮可以挑起两桶水,发功能控制导弹飞行,在广州发功可以使北京电灯熄灭,这类骗术,只能把人类追求真理的努力引向迷途。

司马南先生的努力,是中华民族传之久远的“我亦爱吾生,我亦爱真理,所欲甚于生,舍身而取义”的宝贵精神。

司马南先生之所以“悬赏”与“自焚”向大师“叫板”，不过是出于激情而已，实践起来，还是应以实践为检验真理的唯一标准，大家共同向真理低头，不须个人之间的低头。

附：

再向“大师”叫板

司马南于5月12日在京宣布“悬赏百万奖励特异功能者”，此后一片沉寂，不见“大师”级人物揭榜。100天后—8月23日，自创太极莲花功的李土生表示应战。

那么，司马南如何动作？

司马南9月8日接受采访时表示：我愿意接受一切应战，并进一步就某“大师”“施功灭火”的特异功能称：如果某“大师”能用特异功能将一根点燃的蜡烛扑灭，我司马南甘愿将汽油浇满全身当场点燃，以验证某“大师”的神功。“大师”若扑不灭，亦应借此焚身以谢天下。

……

（简桦）

摘自1998年9月11日《长江日报》

法国香水的奥秘

湖北从东到西的北部地带，都适合银杏的生长，银杏可以成为致富的重要资源。

搞农、工、贸的统一产业化，要狠抓农产品的加工与推销。

在发达资本主义国家的农业产值中，产品原料值不过20%左右，产品加工值在80%左右。我们农产品加工业产值迄今还不过16%左右。这是农民收入低的重要原因。

我们的农产品加工，多数是低级加工。

为什么不能产出高级加工的农产品？因为我们没有高级机械设备，有葡萄也生产不出法国香槟或“路易十三”那样高级的葡萄加工品。

发达国家已有可供学习的经验：农民向加工厂出售原料，有长期的保护价，到时把原料按价（比保护价高时，按高价出售给加工厂）卖给加工厂，加工厂不得拒收；加工之后，所得利润返还农民（按出原料品多少比例分配）30%～40%。农户与加工厂形成一个合同关系。

法国的香水，独霸世界市场，其原料花出自全国花农，经过几次深加工，才产出优质香水。银杏的加工业，也应该像这样组织，使农民致富。

编一部《导演大辞典》,如何?

我很想编一部《导演大辞典》,我相信这桩生意可以赚钱。

池北偶的诗和丁聪的画,言简韵意长。从《少林寺》在国内首创武打片之后,武打的创新便层出不穷。如今的武打已是综合拳脚、神剑、枪炮和神术为一体了。比《七侠五义》等等旧武侠小说差多了。中华儿女是善于创新的。

掌握了这二十六行诗说的要诀和"按尺计价"的考量精神,如果你还不能写出几十集的剧本或不能当几十集剧本的导演,只能怨自己太笨了。

不过,话又说回来。我们不是在讲"艺术为人民服务",要"思想性、艺术性、趣味性的统一"么?只给一个"趣味性",而且是"低级趣味性",那就太对不起人民用血汗铸出的"包银"了吧?

"良心"已不值钱,人格、国格也掉了行市,作为一个中国人,讲点中国文化传统的优良品德,总是应该的吧!这不但有益于观众,而首先是有益于自己,不至于使自身陷进泥坑里去。不是么?

附:

剧不厌长

池北偶诗　丁聪画

电视剧,新时尚,

抻长抻长再抻长。
添油加醋乱注水，
本来一尺变一丈。
没完没了续下去，
二三十集极寻常。
片头片尾两大段，
剧组名单几十行。
今天播完明天播，
观众腻味也无妨。
结构松散节奏慢，
磨磨蹭蹭不着忙。
一句话分两句说，
一支歌要反复唱。
拍完舞厅拍酒吧，
拍了宾馆拍洋房。
社交不离吃宴会，
演员频频换时装。
打情骂俏当有趣，
瞎扯神聊泡时光。
你动拳头他动枪，
武打一场接一场。
男男女女性解放，
下了这床上那床。
长些长些再长些，
此种风气岂可长。

摘自 1997 年 11 月 23 日《人民日报》

一个极其危险的信号

对于美化战犯东条英机的影片《自尊》，东京《时报》的评论是正确的，从本质上揭出了军国主义存在与发展的社会根源。

20世纪30年代的经济恐慌，在西方促成了德、意垄断资产阶级搞法西斯主义的侵略，企图夺取市场，独霸世界。在东方促成了日本垄断财团搞军国主义的侵略，企图夺取市场，独霸世界。从1931年“九一八”事件直到1937年“七七”事变，到抢占大半个中国，祸害了亚洲。日本军国主义者都是沿着“要征服世界必先征服中国，要征服中国必先征服满蒙”的方针进行侵略的。

如今，日本军国主义分子的野心根本没有死，也不可能死。因为争夺市场仍是解决经济恐慌的最重要的条件。日本军国主义一天比一天发展得狂妄，不但有国内反动势力的支持，也有国外反动势力的支持。

中华民族和世界爱好和平的人民，都要擦亮眼睛：资本主义的生产力已经发展到世界市场容纳不了的地步。生产过剩必然产生经济恐慌，争夺市场仍是他们必然要采用的老办法。军国主义势力也就应运而生。

《自尊》影片，是《天皇与皇后和日清战争》、《明治天皇与日俄大战》、《203高地》、《大日本帝国》、《联合舰队》、《啊！海军》、《山本五十六》等一系列军国主义影片的继续，是日本政府大批高级官员连续参拜靖国神社，以及对日美联合防卫区总不肯说出个明确界限等等行径的一个插曲。正如东京《时报》所说：“这是一个极其危险的信号！”

我们需要健康向上的文化

毛先生这篇文章举出了当前文学上的许多积弊，这些积弊使人向一般动物转化，确实可怕。

但这些现象的本质是如何做人，如何做社会主义时代的人的问题。

人是个社会动物，从脱离了低级动物界之日始，就结成群体抵抗灾祸；为了维护集体安全便自然形成一种“公德”(也有人说是集体约定)，作为大家信守的信念。这种信念有时以“神”的形式出现，更多地以社会道德的多种形式出现。总之，信守群体公德是做人的起码条件。

至于社会主义社会的人就应该是以“消灭阶级，消灭剥削，消灭私有制，消灭两极分化，至人类于大同”为信仰、为品德的。这当然是最高的品德。

达到这样一个境界是十分艰难的，是一个与传统旧道德观念长期斗争的过程，是一个与个人主义私有观念长期斗争的过程。

人活着就得吃饭，就要追求完美的衣、食、住、行、用的物质生活。但要用个人与集体结合的劳动去创造这样的生活，不是以制造别人贫困的剥削手段去创造自己的丰满的物质生活。

为了创造全人类的美满生活，在创造物质生活的同时，还要创造健康向上、大公无私的精神生活。这种精神生活是全新的文化生活，排斥淫靡、腐败、颓废、堕落的文化生活。只有这种气质才能建设公有制的现代化大生产。

“人生行乐耳”、“一朝得意须尽欢，莫使金樽空对月”，“劝君莫惜金缕衣，劝君惜取少年时”，“耕者，馁在其中也”，“今朝有酒今朝醉”，“一醉解千愁”等旧观念，正是今天“饱而色”、“饱而玩”、“饱而忘天下”的催化剂。伤风败俗不以为耻，破坏安定团结和谐，莫此为甚。

以此为戒

毛志成先生渴望文学担负起“提高人格、品格和文化品格”的任务，“把人糊涂的事弄明白”、不要“把人明白的事弄糊涂”，不要“把简明的是非界限，善恶观念，美丑标准都搅成一团混沌”。这应该是贯彻“二为”方针的最低要求。

但“饱食者文学”的创作方兴未艾。什么原因？

社会上流行着一个说法：“寻求刺激”。因为吃饱了，喝足了，高级别墅住上了，一切现代化享受都有了，物质的充实正发展了精神的空虚。

没有高度物质文明的提高，不可能是社会主义；与此同时，如果没有高度社会主义精神文明的提高，也不可能有社会主义。

那种在前台当孔繁森，到后台当王宝森，具有双重人格的作者，永远也不可能创作出《保尔·柯察金》。

“饱食者文学”的作者，并非都是真正的“饱食者”，但他们之所以愿创作“饱食者文学”，可以肯定：是以全力追求“饱食”为生活指南的。纵然弄到一碗残羹剩饭，终生还是人家的奴隶。

有社会主义德性的文艺工作者，应以创作“饱食者文学”为耻。只有如此，才能摆脱金钱奴隶的境地，自己解放自己。

附：

“饱食者文学”的困惑

通俗地说，从前的文学大都是回答“人饿了应该怎么办”的，现在和以后的文学，大约要回答“人吃饱了还应该干些什么了”。

就眼下的中国文学作品而论，对“饱食之后复如何”的答案大约有以下诸种。

人吃饱了，只是解决了“人性”的一个组成部分—食欲；下面，就该集中精力解决另一部分—性欲。眼下“性文学”之活跃，大约就源于此。

人吃饱了，谁也不再需要世界上的“善人”、“善举”，只需把“自我”弄得绚丽多彩，活得有质量就可以了。似眼下许多作品在“真善美”之元素中只强调“真”和“美”，对“善”则取淡化、浊化态势，玩味“自我”的文学铺天盖地，似乎就是基于这吧。

人吃饱了，安逸了，就无须再苦苦记住历史上那些抛头颅、洒热血的斗争，统统名之为历史的“曾经”就可以了。至于信仰、道义，那都是累人的事，今人何苦再受其累？

既然已经饱、已经逸，就该自己找乐。例如，可以玩“雅”、玩“玄”，总之关键是那个“玩”字，别当真，别正经，开心就成。

过去人类“劳而饥”，不公平，因之文学就该“把人糊涂的事弄明白”；今天又饱又逸，万事无不平，当然也无趣，因之文学的使命就应该是“把人明白的事弄糊涂”，把简明的是非界限、善恶观念、美丑标准都搅成一片混沌。“饱食者文学”在含“善”量和趋善性上，在语言形式的明白性、清澈性上，显然是对“饱食者文学”的一种“负提高”。也许，这似乎是时代发展、文学进步的必备标志。但是，它还是使人走不出困惑。若是吃饱了，劳动量减少了，就“理应”如此，那就使人不能不产生疑问：以后的人越来越“饱”，越来越“逸”，而令人神往的“生活质量”，还应该怎样提高？

《豪门恩怨》是美国人写的，那里面写了一大堆“饱食者”，作者照例写出真善美与假恶丑的分野。这样的标准,似乎应该对我们有一点触动。

（毛志成）

摘自1998年5月29日《湖北日报》

悼老姜

老姜，不知何许人也。赵先生文中只留下“老姜”二字和他的狗。他勤勤恳恳护林数十年，不富不贵，以林木茂盛为乐。如今林毁人亡，墓生青草，只是与其相伴的狗留连徘徊。怒耶？悲耶？未可知也。作小诗一首，聊示悼亡之情。

树林茂盛老姜忙，
跑遍青山护绿场。
老狗身边常做伴，
共吃共息共徜徉。

一轮红日出东海，
满地黄金满地情。
凉露为浆洗眼目，
偷儿那得逞凶横。

一从绿色消失后，
可叹老姜坐土丘。
老狗不知主子意，
摇头摆尾自悠悠。

一片荒丘一片伤，
一年干旱一年荒。
动武争水仇邻里，
老姜何事不悲伤。

一世护林人老去，
菁菁绿色也消亡。
此人虽去情犹在，
老狗凄凄卧墓旁。

天高地厚理应厚，
何事狂飚挺来劲。
林毁人亡空寂寂，
哪条河水令人清。

1998.4.19

附：

树林消失的日子

实行家庭联产承包责任制后，我们村里最先“失业”的就是为生产队看护山林几十年的老姜。全村的山林被分成五百多份，上至在病榻上残喘的老人，下到刚哭第一声的娃娃，名下都有一份。

作为这片山林几十年的看护者，老姜从此失去了扛着猎枪带着狼狗在茂密的山林中纵横驰骋睥睨一切的威风和权力。

老姜“失业”后，村里也有不少人说老姜是好人，那是他们自家那份山林被偷砍之后，他们说：要是老姜能咳嗽一声，保准没人敢偷！可是老姜自己的那份山林也照样被人偷砍。后来人们干脆把自己那份山林一棵苗不留地砍光，他们说：省得整天挂着是个事！

老姜死的时候，村外的山野里早已一片荒凉，像补丁一样的贴满山丘的是人们陆续开出的田地。我回乡过年的时候，祖祖辈辈热闹无比的五更大拜年活动已变得黯然失色。族人告诉我：从没碰到像去年那样的大旱，山沟里那条河早被淤平了，为了抢水浇地，不少同族的人都动了武，伤了和气。

老姜无妻无子，唯一能让人想起他的就是伴随他几十年的老狼狗。老姜死后的好几个冬天，人们还经常看到它在光秃秃的山岗上奔跑、号叫，但现在也没有遗迹。

（赵稳波）

摘自 1998 年 4 月 14 日《湖北日报》

给马季的信

马季同志：

读了你在九届政协会 3 月 13 日的呼声："振兴华人幽默艺术——相声"，颇有感触。我认为你说的很对。

你说相声艺术的深厚价值之所在，是以笑趣讽人，但不是以庸俗的滑稽逗引没有回味的笑。它要以讽刺人，让人增加追求真善美的良知，增加祛除假丑恶的良知，提高生活实践的素质为目的。这才叫"寓教于乐"。相声艺术家们想这样做，又怕得罪土地神，便只好"拿自己开涮"。说得挖苦一点，就是自己把自己当猴耍，逗观众"取乐"。其实，这种乐相是外乐而内苦，观众得到的是苦味的笑。这种状况下"相声要打翻身仗"，很难。所以，你提出"教育要跟上"是很重要的。

相声艺术家们要受教育，提高文化，提高艺术修养，更要提高战斗勇气，敢于刺"土地神"，为民请命，确实这是不容易做到的，但要迎难而上。相声要发展下去，使之真正成为人民所需要的艺术，不要把它变成庸俗的垃圾。

另一方面，观众也要受教育，提高文化，提高艺术的欣赏水平，大力支持敢于上讽刺节目的艺术家，敢于与他们合作，与"土地神"的歪风邪气作斗争。敢于祛除把相声艺术当做广告或成为剪彩仪式上的点缀的不正之风。

为真善美奋斗的人，永远不要做一帆风顺的幻想。祝你与你的同道们挺身前进，创造更辉煌的胜利。

附：

九届政协委员马季疾呼

振兴华人幽默艺术——相声

“中国笑星”、九届政协委员马季3月13日感叹，相声是一种高深的幽默艺术，它的最大特点是善于讽刺，通过诙谐的语言讽刺生活中那些可笑、可鄙的现象，让人们在笑声中领略真善美、假恶丑。

“说来容易做到难哪”，马季摇着头直叹气。他说，这年头可讽刺的事挺多，但说哪件都得罪人，得罪哪方土地神都不行，只好拿自己开涮，这怎能出什么好东西？但最根本的原因当然还是相声界自身，马季说：“相声要打翻身仗，教育一定要跟上。”据介绍，目前我国只有几十位专业相声演员，年龄平均在40岁以上。这些人学艺多半是凭从小聪敏，口齿伶俐，文化水平并不一定很高。马季认为，相声光靠插科打诨逗个乐是不行的，关键要靠提高队伍本身素质。他说，应该建立专门的相声学校。

（曲志红　王黎）

摘自1998年3月14日《楚天都市报》

心无挂碍天地宽

高先生说的三个“度”不错，做事要有度，“过尤不及”；艺术表现也要有度，“适度而止”；过度的夸张，与失力的表述一样，不能产生艺术的魅力。说实在话，我常常感到看现在的小品和相声还不如看广告来劲。你看为步步高 VCD 出场的那位刀客，不是十足的少林气派？你看为娃哈哈 AD 钙奶出场的哄哄孩子群，你看为仰韶酒做广告的那位先生，吞音吐字颇具音乐性，动作表情适度，比起那些狂喊怪叫出洋相的相声，能说不如么？

相声为什么从侯宝林、郭启儒、马三立、郭天宝、刘宝瑞、常保堃等辈的艺术高峰上下滑或衰落？

高先生说的三个“度”是衰落之果，不是衰落之因。

王安石写过一篇短文《伤仲永》。王安石感伤的是：仲永不努力与失教。艺术学校训练出许多好苗子。苗子是生长壮大开花结果的本源。自己不努力向上，又得不到适当的浇灌，好苗子也不得不夭折，与草木同朽，与污泥浊水相伴。这样的事，我们见到的不少了。

一旦“能捞钱、捞钱多，就是好”成为人生哲学时，艺术不成为金钱的奴隶，不产生怪胎，也就不可能了。

以这样哲学为指导，“艺术”的走向，当然要适应庸俗低级趣味的需要，走这条路是不费力气的。而走“二为”方针指导之路，是要付出一生艰苦努力的。我说是一生，不是半生，半生就夭折。梅兰芳先生一生做出了这样的努力。为了“洛神”一剧中的“杂沓湘灵”的“沓”字，他反复地向别人请教，不但许氏兄弟是他终生的助手与师友，他还向湘剧、秦腔、山西梆子、河北梆子的朋友求教。为了练眼珠滚动的表情，他把看鸽子飞翔当做必修课。他对剧情的每个细节，是反复琢磨，以艺演情，不是以技哗众。侯宝林先生虽然是捡煤核的孩子出身，没有文化根底，但他毕竟自学了文化，收集了很多“笑话”书籍，结交了许多对表演艺术史及表演艺术有研究的朋友。他的创作，也是集体反复锤炼出来的作品。他的表演艺术是全能的：咬字清晰，发音高下宽窄强弱适度，动作巧妙而不古怪，夸张有力而不过分。一个段子说下来，节奏分明，感染力强，表演起来游刃有余。没有一生的琢磨，不可能这样炉火纯青。

艺术家，从金链子哲学里解脱出来，心无挂碍天地宽。

1998.4.3

应该好好想想

在光天化日下，
有共产党组织，
有人民政府，
有来来往往的人民公仆，
有无数次爱民会议、执法会议，
有无数张贴的讲公道的文告，
这一切呵，
应该迅速为人民主持正义，
应该把摧残人民的罪犯绳之以法……
应该好好想想！

1998 年 5 月 10 日

附：

圈养靓女

5 月 1 日，邯郸市临漳县公安局接到群众举报：孙陶镇沙河岸村村民任连元，于 10 年前以不法手段拐骗 26 岁的山西籍女子许金凤后，由于该女子多次外逃，任连元将其锁在屋中，失去了人身自由的她备受摧残，已得了精神病。

“竟有此事!”县公安局值班副局长张海波当即严密布置解救行动。

上午11时30分,临漳县武警队30多名干警火速赶到了与河南交界的沙河岸村任连元家。这是一个凌乱的农家小院,进入他家的东屋,干警们发现了一个被木栅栏门和铁锁锁住的小南屋。被拐妇女许金凤就被圈养在这里。隔着木栅栏门,蓬头垢面的许金凤发现有人来,“蹭”地从两块破木板子拼成的“床”上坐了起来,惊恐地看着来人。已失去理智的许金凤就在这潮湿阴暗,臭气满屋的小屋内咧开嘴傻笑,而看到她猪狗不如的境地,在场的不少公安干警、记者都落下了眼泪。

干警们把许金凤带出囚禁她10年的小屋,阳光重又照在她黑兮兮的脸上。许金凤是从山西苛岚县被拐骗过来的。1988年刚在村里露面时,模样可漂亮了,她还向别人透露过她在山西有家,而且有个孩子叫“海光”。村民们介绍说,几年来,这个苦命的女人曾多次外逃,可全被任连元兄弟找回来,找回来后便打得死去活来,最后,任家干脆不让许金凤出门了。许金凤和任连元生了一个女儿,现已8岁。

1日下午,洗了澡、理了发的许金凤换上了刑警队为她买的衣服,顿时重现了女性的秀美。晚饭时她吃了两三个烧饼、一大碗面条。记者为她照相时,尽管她已不认得女儿,还是把女儿揽入怀中,照了平生第一张母女合影。

(李敬东)

摘自1998年5月7日《长江日报》

保护环境,治理环境

我于1949年5月19日进武汉(白崇禧于5月16日撤走),那时,武汉还不到一百万人,从武昌到珞珈山,路上一片荒凉,还有土匪出没。如今,武汉已有七百余万人,其中城市人口四百余万人。城市大发展带来了不可轻视的环境问题。

现在,我们城乡环境污染严重,应该说是由于加大投资时,只注意了增加生产的一个方面,忽视了严重的后遗症;同时,在自我发展中,又不大注意发展现代化生产带来的环境污染及其他后遗症。虽然城市规划做了很多,似乎指导思想与措施并不很明确。

人们都看到了水、空气、灰尘、垃圾、老鼠、害虫、疾病、噪音、淫秽、毒品、伪劣假商品等等的污染,但对于拥挤、视野、文化等污染,却没有引起大的注意。

美国夏威夷的旅馆特别贵,海滨游泳场也特贵,因为那里的空气特好,海水特清,绿荫繁茂,阳光也特好,实际上那里是在高价出卖阳光和空气。

我们的好多城市,住宅与工厂区交错,工业商业闹市区与风景区交错,风景区内的自然景点与商贸点交错,把污浊空气、噪音、拥挤气氛一古脑儿压到人们身上。

我去过杭州,那里把西湖治理好了:把西湖与钱塘江沟通,每三个月换一次水,保持水的洁净;把闹市区全部建立在西湖之外,保持了“西子”的娴静风貌；除了“楼外楼”老饭店之外，没有添别的饭店；西湖除了旧十景之外，还添了龙井品茶、郭园小憩、净慈听禅、梁祝学馆等新的景点。

附：

抢救东湖　扼制污染

4 月 22 日至 25 日，国家环保局长解振华、监察部常务副部长李至伦率领环境保护联合执法检查团，先后到宜昌、大冶、武汉等地检查《国务院关于环境保护若干问题的决定》贯彻执行情况。在汉期间，解振华强调，目前，东湖部分水域水质按 3 类水标准已超标 10 倍，污染严重。湖北省及武汉市要明确责任，制定明确的阶段性治理目标，要制定治理和保护东湖的专门性法规，尽快扼制污染势头。监察部副部长李至伦强调指出，保护环境就是保护生产力，各级政府对环境保护不负责就是失职，要严格执法，违法必究。

（王欣　汪璞）

摘自 1997 年 4 月 27 日《长江日报》

加强广告管理

广告该如实地介绍商品，其位置也应适当有序，应当色调和谐，在一个城市的规划中应把广告设置列入，并应立法。

现在城市的压力很多：空气污染，水质污染，噪音污染，广告污染，交通污染，垃圾污染，吸毒污染，建筑物杂乱无章，绿化地减损，市场上伪劣假商品，黄色书刊、音像，淫秽场所暗藏，个别菜市场上的蛮横（卖肉不卖半斤，买一斤给二斤，卖葱必须买四元一捆……）等。中央和省市都在整顿，必然日见其好。还应当冷静地考虑：造成这些现象的根本原因，清源才好正本。不然，很可能事倍功半，或此伏彼起。

附：

街头广告几时有副俏模样

近来，江汉一桥汉阳桥头新添一处景致：一边是大型立柱式“百威”啤酒广告，深蓝的底色衬着鲜艳的百威标志，球星鱼跃扑向啤酒，动感强烈；一边是“金盾”西服广告，色彩柔和。负责户外广告审批的市容管理委员会办公室副处长罗长江评价：“街头广告，首先要讲究视觉上的美感。”他说：“这两件广告作品代表了我市户外广告的较高水平。”

就在离“百威”和“金盾”广告不远的地方，“九州饼干”等铁制广告牌已是锈迹斑斑，有些广告标牌多年来一副老面孔，容易让人由广告牌产生一些消极的联想——广告牌朽蚀不堪，其企业大约也好不到哪儿去。

时下，不少商家采取垂挂布标条幅的方法发布广告，多的时候简直把商场花大价钱装饰的门面遮个大半。前段日子下暴雨时，武汉傅家坡一家商场楼顶上垂下的十多条布标广告被淋得透湿，贴在商场的"脸"上，显得十分凌乱。

我市具有户外广告发布权的广告公司100多家。由于没有一部地方广告管理法规，户外广告管理较乱，存在多头审批的现象。武汉的街道要靓起来，街头广告不俏起来不行。

（周敏　王志云）

摘自1997年8月13日《长江日报》

没法查的无底洞

我家从河北来了几位客人，他们坐了一辆车。我问他们："现在不花买路钱了吧？"他们笑了："到处是伸手牌！而且是铁手，能不给么？"

我的侄子种了几亩承包地，他说一亩负担300多元。我问他："都是什么钱？"他说："谁知道是什么钱，反正来要就得给。""不给行不？""那不行！你知道啥时给你穿小鞋？"

老子说："道可道，非常道。"经学家的解说很多，不必谈了。我用杜撰的通俗解法，认为可能说的是"把仁义道德挂在嘴上，并不是真正的道"。反面的意思是：光说不练，天桥的把式，不能变为实际。中央一再指示，减免农民负担的红头文件已发了60多个，传达会议不知开了多少，为什么这多"关"仍打不开。

用木门或铁门设关口，此门好开；还有无形之门，那是心门，没有"全心全意为人民服务"，"无私奉公"的钥匙，是开不了的。

我们应该订规章制度，但最重要的还是狠抓打开心门的钥匙。

佛不在西方，佛在心中；念经不能成佛，洗心自然成佛。"政治思想工作只许加强，不许削弱！"这都是对的，然而，不从我做起，不从具体工作做起，口头上的孝子，其双亲还是要饿死的。

大山、小山，摆在面前，谁都看得见，愿上帝帮助我们，团结起来，跟着愚公搬腐败之山。

附：

多收的钱哪儿去了

夏利换神龙，除车款外多交的这2000到8000元到哪里去了？

某出租车公司副总经理说，除了必交的费用外，还有打点费用。现在的打点费用简直是个“无底洞”，21个证涉及11个管理部门，几乎层层都是“关”

一些部门要怎么“打点”呢？这位不愿透露身份的某出租公司副经理让记者开了“眼界”：“许多部门是无好处不办事，有要我派电话的、有要我派CALL机的、有要我派手机的。7月5日有两人要我去安排他们潇洒一下，公司花了1200元；前几天，有人要钓鱼，又是2000多；至于吃喝招待，那更是家常便饭。对于这些，我们是敢怒不敢言，惹不起也躲不起，动脚打脚，动手打手，整你是分分钟的事。说句不该说的话，出租车像‘唐僧肉’，人人都想咬一口，大街上除了带黑袖章的外，个个都可以管我们。”

说着，这位副总拿出了一个本本，让记者看了开支项目，他说：“这些司机都很清楚，如果让他们自己去办，可能还不止这个数，所以，他们也就不得不认这个。”

（傅文仁）

摘自1997年7月29日《楚天都市报》

保住清白好奉献

反腐倡廉协会筹委认为“反腐倡廉已到了非抓不可，不抓就要亡党亡国的地步”。这是用重锤敲响了警钟。

座谈会提出可以从三方面做起，第一就是从自身做起。这是非常重要的。

老同志第一个重要任务就是：保住自身清白。这是自助助人的根本条件。但做到这一点也是很不容易的。官不期富而富自至，因为官有权可卖，便有人出钱买权。当官在位，把滚进门里的元宝踢出去很不容易。好些人为此卖掉了一身清白，落个可耻的下场。当官在任的应惕砺自律，这是不言自明的。

无职无权的老同志的门前，是否也有滚来元宝的机会？有的！老同志的“德高望重”招牌也是可以卖钱的，有人愿意出钱买这块牌子，作为撞骗营利的本钱。有的老同志就是这样出卖了一身清白，出卖了数十年流血牺牲得来的荣誉，滚到了污泥潭里与蛆虫为伍。

如果连老同志都成了腐败者流，中青年还有什么希望？这个“老”字，有着黄金样的光彩，有着万钧重的责任啊！

老同志能抵御腐败风的袭击，并立足于不败之地，就是重大的贡献。

附：

反腐倡廉协会筹委会座谈反腐倡廉

中国反腐倡廉协会筹委会2月7日召开会议，座谈反腐倡廉问题。段君毅、徐信、李锐、王定国、胥光毅、王定烈、姜思毅、姜平、张鼎中等30余人参加，柴泽民主持。

会议一致认为，反腐倡廉已到了非抓不可，不抓就要亡党亡国的地步。最大的腐败是用人上的腐败，跑官卖官之风盛行。反腐败要从领导抓起，上梁正了下梁才不歪。要真抓实反，不要讲空话白话，党要管好党员，管好干部。退下来的老干部虽然无职无权，但仍然可以发挥重要作用。老同志一可从自身做起，做廉洁的表率，教育好自己的子女和身边的人；二可搞些调查研究，向中央和各级领导提建议；三可从多方面进行监督。

会议倡行廉洁会风，清茶一杯，盒饭一份，不送纪念品。

（郁力）

摘自1998年3月11日《中华老年报》

时时叫一声

古人发奋，有鸡鸣起舞者。诗经有三篇说到鸡鸣，寓意各异：《女曰鸡鸣》篇是妻促夫早起去干活；《鸡鸣》篇是妻促夫起床上朝。两篇都是因为贪念被窝，鸡叫了不肯起床，才引出的夫妻爱恋之词。《风雨》篇三章，每章起句用的是“风雨凄凄”、“风雨潇潇”、“风雨如晦”，然后接上“鸡鸡喈喈”、“鸡鸡胶胶”、“鸡鸡不已”，接着叙述“既见君子”的高兴劲。对这一篇的解释有两种，一种认为这是“思君子”的正风。一种是朱熹的看法，朱熹认为“君子”是女方的恋人，女的在风雨之中，是与对象幽会，应是淫诗。

种种有关鸡鸣的典故，由学者去讨论吧，我想到的只是《三字经》上说的“鸡司晨”。这是谁也改不了的事实。公鸡为什么到天将明时就叫，科学家们还没有准确答案。鸡叫可以助人早起，是人们都承认的。其实不止于此，鸡叫还提供了音乐的享受：节奏准确，段落分明，声音嘹亮，清脆曲折而优美。

我喜欢听鸡叫，小时候常学鸡叫。每当黎明，倦意未除，天色晦暗，意绪模糊时，大红公鸡高声一叫，爽神悦耳，赶走了倦意，迎来了清醒，于是想起“该吃饭了”，“该干什么了”。一日之计在于晨的“计”与“行”便起步了。

我慢步走到院里，又来了大红公鸡趾高气扬，傲视一切地抖动翅膀，又来了洪亮雄劲的一声。红日高起，清风徐来，我伴着大公鸡一同散步。

对于这种境界，诗人一定会看见诗。我不是诗人，看不见诗，看到了一个念头："起来，不愿做奴隶的人们。"

这声音唱败了压在中华民族身上的敌人，唱出了中华民族的英雄气概，唱出了崭新的中国和社会主义，也必定能够唱出个"世界大同"。

为着中华民族的兴旺，让我们像雄鸡那样高歌猛进吧。

人民在拭目以待

梁田同志很希望《关于领导干部报告个人重大事项的规定》（以下简称《规定》）落到实处，成为“权力约束的重要一步”，不要落个“软弱无力”。

人民把希望化为失望，已不是一次两次了，渐渐地就麻木起来，习惯用“搞比不搞好”，来自我安慰。

党为了与人民同心同德采取了许多类似《规定》的措施。

这就提出了：落实《规定》之类，“为什么这样难”的问题。

共产党是讲实践论的。有名的唯心主义者王阳明学说中有一个论点，他认为：能把孝的道理讲得头头是道，而不见行动，不能算真的懂得孝道。

“魏公子牟东行，穰侯送之曰：‘先生将去冉（即穰侯）之东山，独无一言以教冉乎？’魏公子牟曰：‘微君言之，卑几忘语君。君知夫官不与势期而势自至乎？势不与富期而富自至乎？富不与贵期而贵自至乎？贵不与骄期而骄自至乎？骄不与罪期而罪自至乎？罪不与亡期而亡自至乎？’穰侯曰：‘善，敬受明教！’”（这段语出自《明人百家小说》，毛主席 看过，批了“有理”二字。）可见做了官不倚势而富，而贵，而骄，而罪，不自觉地走向灭亡，是大不容易的。

你不能抗拒用钱、色买权，就不可能坦荡磊落，写关于《规定》的报告，不虚文为饰，也就难了。

写自传容易，写真自传则大难。“事无不可对人言”是对“光明磊落”的考语。可是，一个人肯用刀子解剖自己，终于是需要最大勇气的。

没有对党、对人民的忠诚，谁能够把被腐蚀了的伤疤揭开？

如实地向党写关于《规定》的报告，是以最纯正的党性为根基的。能坚实地站到党性立场上，才能掏出五脏六腑给党和人民看。

这是大不易的。然而，这是党能否与人民打成一片，求得长治久安，兴旺发达的关键。

人民不能不翘首以待，拭目以待。

制止暴力轰炸吧

1996 年 4 月 28 日，年轻人马丁在澳大利业的阿瑟港用枪随意射击，杀死 35 人，伤 19 人，制造了一场惨案。

澳大利亚总理霍华德说：“惨案提出了一个荧屏暴力对孩子的影响问题，对社会一些特定成员的影响问题，更广泛地说，提出了一个现代生活中的许多基本东西是否助长了我们社会暴力滋生的问题。”

霍华德说：“现代生活中的许多东西是否助长了我们社会暴力滋生的问题”指的是什么？拜金主义、享乐主义、色情的追求，物欲的膨胀，权位的争夺，道德的沦丧，总之，一个不正确的人生观、价值观，不都在助长着抢劫、偷盗、强奸、行贿与凶杀？

1995 年，美国的调查：一个长到 12 岁的孩子，从电视中平均看到 800 次杀人镜头，10 万个暴力场面。澳大利亚的儿童在校期间，仅从电视上可以看到 1.5 万次杀人场面。在这样铺天盖地的影响下，怎么让孩子不走上邪道？

美国参议院共和党领袖多尔批评好莱坞公司对孩子们进行着暴力轰炸，他说他们在制造“没有思想的暴力，没有爱情的性交”。连克林顿也呼吁限制暴力影视。

资本主义的代表都知道这种“暴力轰炸”之害，为什么我们戴着社会主义艺术家帽子的艺术工作者还要为“挣钱”不惜毒害我们的后代，在荧屏上、在书刊上、在绘画上、在表演艺术上，连篇累牍地制造“没有思想的暴力，没有爱情的性交”？为什么党政机关不下最大决心，使出最大的威力，向这种斩杀社会主义后代的魔鬼，作坚决、彻底、不扫绝不罢休的斗争？

附：

荧屏魔影令人忧

近来，澳大利亚全国上下卷入了一文一武两场大辩论，所谓武，是要不要严禁拥有和使用自动和半自动步枪；所谓文，是要不要对宣扬暴力的影视作品实行审查。

事情的起因是1996年4月28日发生的那场震惊全球的阿瑟港惨案。在那个山秀水媚的旅游胜地，一个名叫马丁的颇为富有的年轻人，突然兽性发作，用一支美造AR15半自动步枪向游人扫射，制造了一场35人死亡、19人受伤的骇人听闻的惨案。事发后，联帮总理霍华德双管齐下：一方面严格枪支管制；一方面成立了专门委员对电影电视中的暴力影响及对策进行研讨。对前者，政府雷厉风行，已与各州达成了枪支管制协议；但要对后者采取有力措施，并非易事。

曾在1971年的暴力片《稻草狗》中饰演男主角的大明星霍夫曼在回答银幕暴力是否助长了街头暴力的问题时说：当然如此。“当你看到澳大利亚或苏格兰所发生的惨案时，你就无法忽视这类事情。当你像我一样有了孩子的时候，你就得教导他们什么是正确的行为”。另一位则是两度获得金棕榈奖的《教父》的导演科波拉。他直言不讳地批评好莱坞成批生产暴力电影，就像卖汉堡包一样，他警告说，“那些控制着世界电影市场80％份额的好莱坞公司只知道挣钱，他们不想了解……其他考虑。”他预言，好莱坞的产品不要太久就会衰亡，成为电影史上的恐龙时代。

李学江

摘自 1996 年 5 月 26 日《人民日报》

你说这该咋办?

韩雨、汉雄、砚文三位记者，勇敢地考察“发廊”的奥秘，看到了奇怪的场面，听到了特色的声音，知情人牛氏一席话，将锦帐撕落，水下百怪，尽现于眼底。

三位记者提出的解决办法是：多杀“回马枪”，加大打击力度。

我认为，这不一定就能解决问题。

商品有伪劣假，“大打”之中，也有伪劣假。

某大火车站，设有一个派出所，被评为模范派出所。因为每当上级要求“大打”时，他便把偷儿们找来，开门见山地说：“上一回有5位坐了几个月，这回谁来?”几位偷儿应声而起：“我们来!”所长又说：“最近一个月里，不许乱伸手，懂么?”于是这个车站每次“大打”都“成绩斐然”，被评为模范。之后，扒窃事件依然不断。

记者还可以到车站去考察一下：售票厅门外便有卖黑票。

稍微想一下，你准可以明白：四川夹江县造假货的势力能把打假局长给抓起来的道理了。

“发廊”奥秘并不是“发廊”独家产品，桑拿按摩、卡拉OK包房、旅馆里开房间、三陪带暗格之类所包藏的奥秘，恐怕不亚于“发廊”。

为什么它们能存在?

记者先生，你们揭开一层帷幕，只看到百怪在舞；如果再揭开一层帷幕，便可以见到百怪的牵线人。这样做，是必需的。但，这是很危险的呀。

附：

发廊遍三镇　赚的什么钱

雨夜访安家湾发廊一条街

据估计，约有半数的发廊是前店后“床”。床位与前面理发间多以墙、板相隔，简陋点的干脆就是扯一张布帘子，这就是所谓的按摩间。据知情者说，许多发廊里的利润，早已不在前店的毫发之间，而是在后床小姐的纤掌之下。

4 月 1 日晚 9 时左右，天下着毛毛雨，记者选择了武昌小东门附近一条叫安家湾的小巷进行实地采访。这是一条百米长的曲巷，约有各种名目的发廊 20 多家。我们选了弯道口的一家进去。为首的发廊小姐笑脸相迎。

“洗头吗？几位？”“按摩有吗？”“有。两位先洗着，两位按着，好吗？”我们到后间一看，只见两张床位，摆设犹如火车上的卧铺车厢，中间一道板将两床隔开，前面门上各挂一张帘，里面一丝灯光也没有，黑洞洞的。见我们明显是生手，小姐鼓励道：“很舒服的，按一按就知道了。”“怎么个舒服法？”记者试探地问。“你们想怎么舒服？”小姐说罢似觉不妥，连忙问：“几位先生打哪儿来？”我们说：“从下面县城来武汉联系业务的。怎么样，你们服务还周到吧？”记者进一步说。谁知那小姐竟然放声大笑起来，还抛出一句粗话。记者还注意到，坐在长椅边上一位小姐，打我们进门起，一直低着头，一副很伤感、很胆怯的样子。不知是谁委屈了她。

呆了一会儿，我们又问：“怎么收费法”“洗头每位 5 元，按摩一个点 40 元。”“一个点是什么意思？”“一个点就是 40—50 分钟。”我们说：“按摩有什么意思。”对方用一种怪眼神看我们，边嗲声说：“有意思得很。你们不试一试怎么知道呢？”并说，“要是你们常来，熟了，想玩什么有什么。”越说越不像话，我们只好岔开话题。这当儿，进来一位男士。这人并不说话，似乎仅仅是在一位女郎身上捏了一把，两人就进了里间。

记者与一位牛姓商界人士攀谈起来。起初，牛氏心存戒意，经过一段“闲扯”，他的谈吐也随便了：“你们了解的只是表面。那按摩文章多得很。”

据他透露，像这样的发廊，几乎都进行异性按摩，否则根本不赚钱。他说：一个点收40元左右，那只是老板的收入，客人还须得给按摩小姐小费。小费的多少，要根据按摩的部位和方式而定。

我们联想到刚才坐在外间时，从按摩室传出的那种笑声，不由一阵恶心。

不能说武汉所有的发廊都沾了色情的边，但据知情者透露，其中带有色情活动的绝不是一家两家。望有关部门加大打击力度，目前，首当其冲的是要扫除发廊里的按摩间，同时多检查，多杀“回马枪”。只有这样，理发才能重新回到“顶上功夫”上来。

（韩雨　汉雄　砚文）

摘自1997年4月4日《楚天都市报》

琼斯先生说实话

他的谈话是弗洛伊德的“两腿之间就是根”的性解放哲学的准确注释。应该说：比弗洛伊德说得更直白、坦率、深刻。他说：“性是生理需求，谈不上爱情，跟谁睡觉都能解决问题。”

中华大国有一位颇有名的“明星”（我不提她名字），曾有人问她：“您何时结婚？”她回答得很风趣，也坦率：“问题不能这样提，男婚女嫁的说法并不合乎逻辑。比如喝酒，喝完了啤酒喝香槟，喝完这瓶喝那瓶，谁都知道这是正常的。那么，男的找女的，女的找男的，都是为了满足各人的需要，找了这个，又找那个，有什么不合理？”

我认为这位“明星”的论断比琼斯还高，她把人推到比动物还落后的地位了。狮子、老虎、鸽子都有固定配偶，都互有承诺，都不搞近亲交配，都“懂得”（这个道理，动物学家还未弄明白）这是健康繁衍的需要。

人，是有理智的，有思想的。在这一点上，人本质上区别于动物，难道我们愿意再“返祖”回到猿猴的时代么？

琼斯先生有了钱，有了三处别墅，跟数不清也记不住的女人睡过觉，物欲、肉欲的享受也算够水平的了。可是，他在大树底下，被黑狗催促着走时，他吻了狗伴，怅惘地说：“瞧！这就是我的爱妻。”他领着黑狗走了。

这是一幅极妙的图画，活画出他的生活方式的空虚。谁要是不懂“空虚”的涵义，可从琼斯先生那里得到完满的回答。

附：

他没有了“家”

又是一个洛杉矶的冬天，寂静的四野笼罩着茫茫雨雾，朦胧中见一男子蹒跚地走过来，手里牵着一只肥胖的黑狗，显然也在找地方避雨。我认出他就是我平日往返校园时经常路遇的那位“遛狗人”。他好像也认得我。“Hello！这天气太糟糕了，不是吗？”他说。“是呀，真倒霉。”我随声应答着，“您的家离这儿不远吧？”

“什么？家？哈哈，我哪有家！”他的语气有点玩世不恭。“我有三处房子，但不是家。”他告诉我，他16岁开始独立谋生，白天打工，晚上读书。他也梦想当个演员，32岁曾主演过一部电影，但不很出名。后来他改做股票投机，不久发了大财。他开始邀约女伴周游列国。他告诉我，他刚过50岁生日。几年前他就厌倦了四处奔波的生活，买下了三处别墅，两处在西部洛杉矶，一处在大西洋岸。“追求了，成功了，厌倦了。回想起来，人生真是又苦又空啊！”

我听他在谈话中只字不提妻子与家人，心中纳闷，于是问道：“那么，就没有谁伴随过您一起奋斗吗？”

“母亲早就嫁人搬到东部去了，我们曾偶尔通通电话，后来她死了。要说有谁陪伴过我，那可太多了。不瞒您说，我曾与10多个女人同居过了，但没有爱人，也不知道她们中间有谁真正爱过我。有时清晨醒来，竟想不起昨晚身边睡的那位女人叫什么名字……”

啊，原来是这样！美国真不愧为一个“自由”的世界！

“您年轻时就没有兴趣谈恋爱？”我仿佛进入了“社会学研究者”的职业角色，穷追不舍。

“您看过卓别林演的电影《摩登时代》吗？情形就是那样。周围的一切都在催促你：快，快，快！时间长了，你就麻木了。但人毕竟不是机器呀，要吃喝拉撒，还有性欲。性是生理需求，谈不上爱情。跟谁睡觉都能解决问题，天长日久，习惯了，就那么回事儿。”

他这种解释似乎并不使我感到陌生。将性欲与食欲相提并论，认为动物性与人性相差无几的奇谈，在西方已成某种“学术见解”。我在弗洛伊德的“心理分析”理论中就曾领教过。

“那么，您现在一切都有了，有了房子，也有了时间，何不找个真正的伴侣，弥补年轻时代的缺失？”我按照自己的逻辑顺理成章的提问。然而，回答却是——

“恋爱、择偶、结婚、成家，这需要有勇气、耐性和承诺感，在美国人中间，谁还相信承诺感？我本身就不能对女人做出承诺。也不相信任何一个女人会对我有爱心。”

雨渐渐停了。琼斯先生的那只黑狗不时地抬头张望，仿佛在提醒他该走了。他又一次俯下身去亲吻他的狗伴：“瞧，就这是我的爱妻。”说罢，他道声再见，离我而去，

（陈一筠）

摘自1997年2月9日《解放日报》

对贪污腐败分子应该连根儿拔

“斩草除根”，在我家乡则叫“连根儿拔”。

我跟父亲拔谷子或高粱苗，即书上说的“间苗”或“疏苗”，父亲嘱咐我：对瓜叶的（即网状叶脉的）把头打掉就行了，对顺针的（即平行叶脉的），必须连根儿拔掉，不然，它会再生。

贪污腐败分子都是兼网状叶脉与平行叶脉的草，必须既打头，又拔根儿，才能不再萌生。

我们已经处理了很多贪污腐化分子，好像对于他们所织的“网”和伸展的“脉”没有仔细剔除，不少余孽逍遥法外，也给刑满释放的贪污腐化分子，留下了再生之路。这是值得注意的。“野火烧不尽，春风吹又生”，就是因为没有“连根儿拔”。

越南进出口公司总经理范辉福，贪污了数百万美元，又从非法交易中捞取大量好处。越南政府大张旗鼓，给以审处：共涉及范辉福等被告 20 名，其中包括政府官员、银行官员、范辉福的同事、亲戚和朋友；另有 63 人被传唤出庭作证。这一案是当众公开审判的。越南新闻媒体，作了广泛报道，把被告捆在“人民罪人”的耻辱柱上。

这案还在继续审理，看来，越南政府对此等罪犯是决心“连根儿拔了”。越南总理武文杰说：“对于贪污腐败的官员，不论他们的职位有多高，都应该对他们进行公开审判。”

"对他们进行公开审判"可能是"连根儿拔"必须的措施，也是"连根儿拔"的决心的展示。

是否如此？请大家考虑。

附：

越南审理建国后最大腐败案

越南司法界最近正在开庭审理该国有史以来最大的一起贪污腐败案。该案四名主犯被控犯有贪污、受贿、赌博的罪名，给国家造成至少 2700 万美元的损失，使一家大型国有进出口公司——泰姆进出口公司破产。他们有可能被判处死刑。

日前，南部城市胡志明市的某法庭上一片肃穆。公诉人陈金进宣读了范辉福、陈光劳、黎明海和黎德景等四名主犯的罪行后，要求对他们判处死刑。当陈金进宣读量刑建议书时，听众席上响起了一片掌声和欢呼声，而身为泰姆进出口总经理的被告范辉福却低头啜泣。

虽然身为共产党员，但范辉福有赌博恶习，担任了总经理后，他在赌博的泥坑里愈陷愈深。为了满足其欲望，他贪得无厌，从银行贷款中贪污了数百万美元，并从事非法交易，从他经手的进出口贸易业务中捞取好处，大肆侵吞公款。

越南实行革新开放后，经济有了发展，但国内腐败问题也渐渐显山露水。据报道，1995 年，越南发生 1.7 万例经济犯罪案件。越南国会主席农德孟在官方的《越南新闻》日报上发表讲话，呼吁司法界排除一切干扰，严惩那些敢于以身试法的腐败分子。他说："只有这样才能恢复人民对国家和政府的信心。

（胡晓民）

（新华社专稿）

论善恶

宋太宗写有“尔俸尔禄，民脂民膏，下民易虐，上天难欺”，勒石布告于郡县，以诫官吏，名曰“诫石铭”。用意是好的，但把事情说反了，应该是“上天易虐，下民难欺”。“天地之间有杆秤，那秤砣是老百姓”，说对了。真正洞察一切的上帝是人民。一个人的历史价值有多大，只能在人民的秤上，才能称量清楚。自己吹，不算数；朋友帮着吹，也不算数；用生前的“万民伞”或身后的“功德碑”等外包装的办法，更不能算数。“在追悼会上没坏人，在批评会上没好人”，这话虽近挖苦，也确有一定正确之处。蔡邕为了取得丰厚的“润笔”，能给六岁而亡的孩子，写出绚烂夺目的功德。见了新皇帝就跪拜、只求做官不顾廉耻的冯道，在自传里竟称自己“上不愧天，下不愧地，中不愧人”，无耻之尤，可见一斑。

自从进入财产私有、阶级划分的社会以后，人类逐渐形成了一个公认的公德，也就是共性的“秤”，那就是：为民造福者善，害民者恶。这是人类成为社会动物之后，为了互相依存发展所必需的。

人是有思想的，谁不知道偷盗、抢劫、贪污、欺骗、淫靡、腐朽等是恶？可是金钱、女色、权位、名利，时时都在诱惑着人，有的人就甘心情愿地堕落下去了，却又不甘心把自己变成“下品”，于是便采用自欺欺人的办法，给自己搞外包装。他们不懂任何外包装，可以骗人于一时，不可能骗人于永久；可以骗一部分人，不可能骗全体人民。凡是伪劣假的,总要暴露出来。贞节牌坊之多,并不能说明婊子之少。

共产主义远大理想,那是最上乘人的品格,不是人人可以做到的品格;作为一个普通人的品格,兢兢业业,自食其力,不因贪欲走邪道,这是起码的人格。如果连这一点都做不到,好话说了千万,也是“金玉其外,败絮其中”而已。

行贿亦有“道”

我对灶王爷很熟悉，我家里供着他们夫妇俩，每年腊月二十三日把他们夫妇送走，然后再买一张新的，把他们又供起来，两边用新红纸写出一副旧内容的新对联：“上天言好事，下界降吉利”，横批是：“一家之主”。

祭灶的事，是每年要做的。摆三杯清茶，用两块糖瓜（麦芽糖）把他们夫妇的嘴一粘，用火把纸上的灶王爷夫妇焚化，他们就上天了。

有时，祭者求之过奢，或祭品不足，惹得神人发脾气也是有的。我们庄上有一位，祭灶焚神，边磕头边祷告说：“灶王爷保佑，我丢的准找着，别人丢的我拾着，你千万保佑……”烧神的火头，忽地把他的胡子眉毛给烧掉了。又有一位，端着一盘猪头肉，供在神前，他边磕头边祷告，猪头肉的香味刺得他心神不安，家养的狗闻见味也走过来伸嘴；他一急把盘子端起，把旁边的清茶也扫倒了；没注意，长袍的下摆烧着了；一惊，把猪头肉和盘子一齐扔地上，盘子碎了，猪头肉也被狗抢走了。看，神的确是有脾气的。

世人知道：拍马屁也得拍到点子上，拍不好要挨踢。贿神求福同样是一门学问。不懂得这门学问的人，也会倒霉的。

有一位想从某大型钢铁公司买五十吨钢材，钢材太销，不见经理买不到。他给经理秘书通了几次话，得到的回答都是“经理没空。”有人给他说：“你应该用二十响加手榴弹！”（那年代市场经济还不如现在发达，一条烟两瓶酒还能顶用。）他拿着这份“祭品”闯进了经理办公室，见到了经理，说了两句寒暄话，便递上了“祭品”：“你辛苦！这点东西不成敬意，请您……”经理瞪大眼睛：“咱们都是国家干部，不兴这个，拿回去！”这位被碰了回来，又找朋友咨询：“人家不要，怎么办？”朋友笑了：“送礼也是学问，你当着办公室众人面送东西，经理能接么？”那位买钢材的得了窍，乘夜摸到经理家，果然一切顺畅。

我花了这多笔墨才写了“送礼学”的一个小小章节，要饱学这门学问，看一看“官场现形记”，是必要的。它会告诉你：送什么礼品，怎样送，应走的门路，如何把礼品送到刀刃上等等。如果你聪明，结合如今新的送礼经验，活学活用，一定会产生灵验效果。

不过，我还得说一句：当你把这一套用得得心应手，获得大富大贵，威灵显赫时，你也由人变成鬼了。

附：

说“祭灶”

春节快到了，路上遇见一个久未谋面的朋友，拱手欲拜个早年，此君却愁眉不展，说是家里多日没“揭锅”了，皆因他天天赴宴，老婆一气之下回了娘家。

有意思的是，这位朋友还苦着脸分辩：“我们领导说了，赴宴也是公务呀。”

我了解此君，他非饕餮之徒，只因是个管办证、管罚款的小科员，供职于俗称“七局八所”中的一所，适年过节，四面八方都来“联络感情”，老实人纵有“口福”，也难消受。

我忽然想到祭灶。

从前灶神好糊弄，一杯薄酒，两匙麦芽糖，就能堵住他的嘴。现在的“灶王爷”可没那么好打发，遇上“好胃口”的主儿，除了吃香喝辣，还要拿“红包”。譬如原东莞市委书记欧阳德提任省人大常委会副主任后，譬如原徐闻县委书记苏凤娟提任省民政厅长后，过年之时，“家乡人”送的“红包”仍然“大大的”。

当然，人分三六九等，“祭灶”也因人而异。就像我那位朋友，虽不欲消受“被祭”的“口福”，情愿与家人一起领受“菜根香”，奈何“潮流兴”，只好违心地天天赶饭局。然而，焉知设饭局的会不会也有违心者呢。

总之，“祭灶”看似怪圈，实则是部门和行业不正之风使然。至于打破“怪圈”有何利器，答案已无须赘言。

（舒黔）

摘自 1997 年 2 月 3 日《南方日报》

无止境的欲望导致犯罪

物质富裕而精神贫乏者有之，或物质贫乏而精神富裕者亦有之。这是古今中外的历史都证实了的。

物欲的极度贪婪与渴求使人蜕变为两条腿的动物，这也是有的，也是古今中外的历史证明了的。

不是生活优裕扭曲了人的性格并导致犯罪，而是以自私自利为主导的个人主义极度膨胀，发展到以极度损人利己为乐的疯狂程度，才造出社会中的失去人类最低良知的精神错乱现象。淫靡腐朽，杀人越货，尔虞我诈等。

在剥削阶级统治的社会里，一部分人变成这个样子是不可避免的。

一个才从旧社会里脱胎出来的社会主义，在资本主义包围中，不可能在新政权建立时便一下子洗掉剥削阶级社会带来的腐败思想、道德、风俗、习惯的影响和侵袭。这就必须下大力气，长期坚持不懈地加强社会主义精神文明教育。

我们必须反对腐败，打退腐败，才可能健康地建设社会主义现代化。否则，有亡党亡国的危险，这也是历史证明了的。绝不可能掉以轻心。

附：

生活优裕会导致犯罪吗？

巴西《这就是》周刊6月25日一期文章问道：生活优裕会导致犯罪吗？

4月20日，巴西首都巴西利亚5名有钱家庭的子女将睡在公共汽车站的一个印第安人活活烧死，舆论为了找出原因提出了这样的问题。

4月23日，15岁的美国姑娘达夫尼·阿卜德拉和她同岁的男友瓦斯克斯在纽约中央公园用刀杀死了一名44岁的不动产经纪人，共砍了29刀。他们都生活在纽约的富裕家庭，拥有想要的一切。人们对此也提出了同样的问题。达夫尼就读的学校将此归罪于她的母亲，指责其母满足了她的一切要求。

认为父母无限度地为孩子提供舒适的生活条件与他们犯罪的直接关系，这种看法是有局限性的，甚至是天真的。这等于是说平时得到很多钱和礼物的儿童及青少年注定会变成罪犯，这种说法显然是以偏概全。

实际上，这只是可以解释发生的事实的众多可能性之一。通过辩论得出的看法认为，一旦可以通过金钱买到一切，未成年人就会得到一种可以为所欲为的扭曲的感觉，陷入一种危险的境地，认为自己肯定不会受到惩罚，这种混乱的思维方式导致破坏行为或野蛮罪行。

心理学家法比奥·埃尔曼认为，很容易就能得到金钱象征着在现实生活中缺乏界限的概念。

他分析说："我们总是在某些界限范围内活动的。与在任何一种环境中缺乏界限一样，花钱无节制会给人们造成混乱。世界变得扭曲，因为人们的欲望永远不能得到充分的满足。"埃尔曼认为，在一种欲望得不到满足之后，就会陷入一种疯狂地想要消除这种不满足的精神状态。他说："这种精神状态可能导致吸毒、自杀或凶杀。"

自觉地做保护环境的卫士

报载，武汉市人民政府下定决心要治理东湖，初步估算要耗资10多亿元，要到2000年才可能基本上把东湖治理好。表面上，我们的损失是10亿元。实际上，远远超过这个数目：由于严重污染，武汉人民失掉了一个涵养精神促进生命力的景点；吃东湖水的数十万人的生活区成了癌症高发区；东湖生产的鱼变了质；东湖不再是野禽的理想栖息区。把这些无形的损失算进去，损失该是多少？

为了建设优美的工作与生活环境，要做的工作其实不止于治理“三乱”，这是一个系统工程。

第一，要以党为核心领导进行长期教育。法国为了分类处理垃圾，要人民对垃圾分类包装，以便分类处理，做了20余年工作，才取得了明显效果。我们的垃圾，要做到法国的处理程度，该下多大的教育功夫？

第二，要加强管理，要立法，要认真执法。比如市内树木，本应编号建档，不经批准，不准砍伐。我国驻瑞士大使馆院内，一棵树枯死了，未经瑞士政府检验批准，大使馆就不敢动。要建立起这样的保护环境的法律秩序，是要下大功夫的。

第三，要有科学的规划。科学的规划原则，应该是使城镇乡村的居民获取最佳的工作与生活环境。这里包含着政治、经济、文化、人文景观等全面的内容。迄今，我们的城镇乡村的建设规划，多数是不符合这个原则的。这是一个应该认真研究的问题。

发扬庆香港回归报道的好经验

在举国欢腾庆祝香港回归的时候,我国艺术家们创造了大批雅俗共赏,艺术价值很高的作品。

在这一段时间里,广播电视台有一个值得继续保持下去的好经验,人民要求保持下去的好做法,就是:敢用黄金时间向人民做黄金奉献。事实证明:这是应该做的,可以做到的;占用了黄金时间,减少了货币收入,极大地增加了历史知识收入,增加了子孙万代的精神收入,还不值得么?

六中全会决议要加强社会主义精神文明教育,加强爱国主义教育。在庆祝香港回归的时候,全国掀起了爱国主义教育高潮,使人民认识今日之甜,昔日之苦;今日之扬眉吐气,是一百余年华夏人民牺牲奋斗的结果。在中国共产党领导下,中华民族才雪耻回生,才生长强大起来。我们的任务是贯彻党的基本路线,两手都要硬。怎么个硬法,庆香港回归这种群策群力,爱国主义之潮,大长了中华民族的精神力量,大长了建设力量。用好黄金时段应该从政治的角度来对待。发挥庆香港回归时期所创造的好经验吧。

悼李玉安同志

玉安同志，好走！挺胸拔背，一步一步脚印地走吧，踏碎坎坷千万重，走向可信的、宏伟的、光耀宇宙的未来。

我叫你一声玉安同志，你听到了，会心中舒畅，因为多一个同伴总是好的。你最懂得同志二字中所含的含义是：生命共生，生命互换，命运相同，心心相印之情；是摧枯拉朽，改天换地的无边威力。新时代的人赖之生、赖之长、赖之创造自己的天堂。

我叫一声玉安同志，则满室春光，满目生机，任“四海翻腾云水怒，五洲震汤风雷激”，也可以不迷路，不惊心，在风火雷电中搏击，为新世界劈山开路。

玉安同志，你舍生忘死，为人民立下了不朽的功勋。在战场上，你和同志们是无敌的勇士。在和平的没有硝烟的战场上，你也是敢与金钱丑恶搏击的无敌的勇士。庸俗的狂风，在你面前摆出了宴席，你敢说：“不撤掉，我就不吃饭！”庸俗的狂风给你送来了“意思”，你敢说：“不拿走，我就不上车！”在松骨峰你和同志们用血写出了无与伦比的创世功勋；在享乐狂飙迭起时，你用劲直不屈的革命战士的行动，树立了无与伦比的立世丰碑。这两种功勋都是以忘我奉公的精神写出来的。这是共产主义必胜的根据，这是共产主义战士必有的品格，这是人类历史以来最为宝贵的风范，是开拓前进的动力。

你确实立下了无与伦比的功勋，你并不居功；你没有把“功勋”作为“投资”、“入股”，用以争名夺位。你当一位粮管员，你穿着百姓的粗布衣衫，吃着粗茶淡饭，住着简朴房屋，你心安理得。你，黄金锁不住，名利牵不动；你满目光明，稳踏坦途。你这位用特殊材料造成的共产主义战士，孜孜不倦，扫地也高兴，捡粮粒也高兴；你最懂得，在为共产主义奋斗的征途中，大事小事都要有人做，在奉献的秤上大事的价值与小事的价值是相等的。玉安同志，你既不畏凶恶敌人，也不畏庸俗的袭扰。共产主义者的阔大无比的胸怀，坦荡平易的志趣，凝聚于你的身上。你留给我们的是比金子还贵的榜样。你是驱俗斩妖的榜样，你是在商品经济中不把灵肉作为商品出卖、特立奇观的榜样。

你是真正的人，不是用包装画皮拼起来的纸扎。

你是高尚的人，不是随波逐流的任意毁弃灵肉的蠢物。

你是有道德的人，不是口是心非欺世盗名的奸佞。

你是脱离了低级趣味的人，不是任私欲驱使向钱权名色屈膝的奴隶。

好同志，我叫你一声同志，感到无限光荣，舒畅，吸取无限力量。任天崩地裂，你是永远的存在。共产主义战士、人民，将与你一道，粉碎千难万险，奔向胜利，奔向光明。

玉安同志！安息吧！你和你相信的党与人民不会因为几个苍蝇嗡嗡叫，几块乌云飘上天，便心灰意冷，乱了脚步，乱了清思，迷了方向。

寿者，死而不亡，永垂不朽。玉安同志千古。

1997 年 4 月 5 日

加强内力方能扫荡污垢

《楚天都市报》记者揭开了“发廊”的内幕，又揭开了车站附近的暗娼活动，引出了肖洒先生的短论：《要用铁帚扫荡污垢》，只好“祝愿《楚天都市报》顺应民意，为荡涤丑恶现象鼓与呼”了。

这真是可叹、可悲、无可奈何者也。

古人说有“视而不见，听而不闻”者。这种人不可一概而论。其中有“入鲍鱼之肆，久而不闻其臭”者，这是被麻木之类；有的是“知其为丑恶”，无能为力，“并视他人之干涉”为多此一举，这是无可奈何者；有人手中有铁帚，却闭目塞听，装聋作哑者，这不是麻木，而是心中有数，从污水中捞鱼者。最后一种人，是最可怕的。因为他们支持着破坏社会文明的害虫肆虐。

中央大力反腐倡廉，要求干部严以自律，尽忠于民。4 月 10 日，《人民日报》第九版刊出“领导干部应守住四条防线”：耐得住艰苦，顶得住歪理，抗得住诱惑，管得住小节。如果真能做到这四点，则“篱牢不怕犬入”，则铁帚在握，出击有力，不怕污垢不除。

看来，除外弊，首先要加强内力。党必须在这方面下大功夫，下苦功夫。

附：

要用铁帚扫荡污垢

曾几何时，人们发现自己竟失去了某些自由。

当你想去看一场电影时，会有一些轻佻的女人凑过来，纠缠着要你请她"陪看"；当你在广场漫步，放松一天紧张劳累的身心时，会有一些妖冶的女人要你请她"喝茶"；你正走向车站码头，更有人来轮番"轰炸"你，要你去"休息"；甚至当你想到刮个胡子剃个头也难以找到一个相宜的地方了。这一切，都是当今都市的怪现象、丑现象！

由这些丑恶现象而导致的重大社会问题如杀人、劫掠、吸毒等等，已向社会敲响了警钟，决不可听之任之，等闲视之！

（肖洒）

摘自1997年4月10月《楚天都市报》

你敢照一照么？

如今，提“老三篇”少了。

做“一个高尚的人，一个纯粹的人，一个有道德的人，一个脱离了低级趣味的人，一个有益于人民的人”，这不但是共产党人的思想道德的准则，也是中华民族古圣先贤所倡导并支撑中华民族屹立于世界民族之林的思想道德传统。“舍生取义”，“杀身成仁”，“己欲立而立人，己欲达而达人”，“先天下之忧而忧，后天下之乐而乐”，“临财毋苟得，临难毋苟免”等精神，都属于这个范畴。

公与私，利己与利人，廉与贪，忠于理想与甘趋下流，是矛盾的统一。每个人自身都处于这种矛盾斗争运动之中，躲是躲不开的。吴天祥同志说：“我要你一分钱，我就不值一分钱。”每个人要能做到这一步，做官一定公正廉明，工作一定勤恳不苟，对人民也会全心全意服务。不过，要做到这一步。其难度是非常非常大的。

你必须抵住私欲和攻击，必须抵住“不吃白不吃，不拿白不拿，不捞白不捞”，“有权不用，过期作废”的干扰。你必须问问自己，敢用吴天祥那句话做镜子照一照自己的五脏六腑么？

“老三篇”是能照彻肺腑的镜子；孔繁森、吴天祥、焦裕禄、雷锋是能照彻肺腑的镜子。这些镜子可以助人去邪扶正，助人轻装上路，助人挺胸前进。

附：

要重读“老三篇”

在某市兴办的一次党的建设研讨班上，一位老干部在发言中强调了一个观点：“毛泽东同志的《纪念白求恩》、《为人民服务》、《愚公移山》三篇文章，是我们共产党人加强党性修养的好教材，今天还要好好学。”这个观点，立刻引起了与会者的共鸣。

半个多世纪以来，我们党把这三篇文章作为对党员进行思想道德教育的重要教材，一代又一代共产党人在这些光辉思想的教育、鼓舞和鞭策下，在积极改造客观世界的同时积极改造主观世界，全心全意为人民服务，涌现出了一大批像焦裕禄、孔繁森那样的为人民鞠躬尽瘁的好干部，涌现出了一大批像雷锋同志那样“将有限的生命投入到无限的为人民服务中去”的共产主义战士，涌现出了一大批王延江、徐虎、李素丽那样在发展社会主义市场经济新形势下仍然坚持无私奉献的模范人物。

在改革开放和发展社会主义市场经济的今天，一些人正是放松了学习，放松了思想改造，“一切向钱看”，追求享乐，使我们生活里拜金主义、享乐主义、个人主义滋长，腐败现象蔓延，党和政府的形象受到严重损害。邓小平同志曾在八十年代末不无痛心地说，十年最大的失误是教育，主要是思想政治教育削弱了。真是一语中的。事实警示我们，现在重新学习毛泽东同志这三篇文章是多么必要。

（厉名震）

摘自 1997 年 4 月 22 日《湖北日报》

希望"贪者常戚戚"

范国强同志出于善良之心，希望贪者自责，主动向组织自首改过。

这样的贪者是有的，但不能说所有贪者都能"戚戚"而自责，而改过。

孔子说："知耻近乎勇。"敢于自责的人都是良知未泯灭的人，还有羞耻之心，才能鼓起勇气，自首改过。

但是，人并不都是这样的。

人类是既互相矛盾，又互相依存着的群体。其所以互相矛盾，是因私利与公益，私欲与公德相矛盾；其所以互相依存，是因为只有互相依存方能合力抵御灾害，创造日益美好的世界。人类的智慧表现在不断调解既相互矛盾又相互依存的关系，这便发展了人类文明。古往今来，人类的公德中都包含着限制私欲维护公益的内涵，都以贪污、受贿、行骗、淫秽为耻。可是，有人根本做不到，也不想去做。他们的哲学是："狗走遍天下吃屎，虎走遍天下吃肉"，"人生得意须尽欢，美色如林金如山。"希望这种人"戚戚"自责，是徒劳的。能以贪污为耻，必须具备做人的起码条件。反腐倡廉，扫黄打非，这是一场十分艰巨的斗争。斗胜则国存，斗败则国不存。建设社会主义的精神文明与物质文明任重而道远。

所以，我说要促"贪者常戚戚"，首先要认真抓住社会主义精神文明教育,使迷而不返的贪者知道什么是耻,鼓起良知之勇,自查自律自改,自求做人。

附:

贪者常戚戚

贪者常戚戚,看来不是一句虚话。报载,无锡某厂一女会计在谈到她挪用公款谋私后“整天提心吊胆”的感受时说:“每当看到中央有关深入基层打击经济犯罪的消息,内心就感到恐慌;每当听到警车的呼啸声,就心惊肉跳。”前苏州副市长唐某担心其经济犯罪行为败露则到了给祖先的亡灵写祈祷书以求保佑的程度。

我并不怎么相信“恶必有恶报”的预言,但对贪者折寿的话却深以为然。有资料说,美国一家权威医学研究机构曾作过一次调查研究,报告指出贪污腐败的官员比清正廉洁的官员其患病的比例要高出近30倍。巴西医学家马丁斯经过10年研究得出结论,屡犯贪污受贿罪行的人易得癌症、脑溢血、心脏病、神经过敏、失明等疾病。医学研究分析,但凡贪者还存有一点良知,必然会产生紧张、恐惧、内疚、自责等一系列的精神负担和不良情绪,最终会导致神经和内分泌功能紊乱,干扰各脏器正常生理代谢过程,大幅度削弱免疫系统功能,从而百病易生。

唐人有诗云“吾贵坚廉是宝身”,“玉人徒献外来珍”,宋相子罕亦有“不贪为宝”的名言。和上述的调查对照起来看,可见虽朝代不同,地域不同,而君子却所见略同。

(范国强)

摘自1997年4月5日《湖北日报》

净化荧屏

在《书刊文摘导报》上，已不止一次地介绍过连克林顿、布热津斯基、澳大利亚总理霍华德等资本主义代表人物都认为“渲染暴力，血腥的”电视等危害民族的生存与发展。难道自称爱国家，爱集体，爱社会主义的，自称坚持“三为”方针的艺术家、大师、星们，连这点最低限度的良知也没有？

孔夫子早就说过：“吾未见好德如好色者”，他贬斥这种现在西洋人所说的“没有爱情的性交”。现在，某些传媒好像把“性感”与“爱情”当作同义语了，似乎没有袒胸露背，亮大腿，就是没有爱情的艺术。这些“艺术家们”是“返祖论”的追随者。可是他们谁也不去过猴子的生活。于是世界上便出现了吃面包，喝洋酒，两条腿走路的新型动物族。

有人说：“爱”是充塞宇宙的，没有“爱”就是没有生活，人类生活是以“爱”为主体的。且不说世界上从来没有无缘无故的爱与恨，只问一句：创造历史的动力是不是男女之性爱？如果人类回答这个问题的答案是肯定的，那么，人们只忙着牝牡交媾就是了。但人之所以成为人，之所以有人类文明历史，千真万确的事实告诉了我们，是“筚路蓝缕，以启山林”地走出来的，还要这样走下去，难道人民艺术家连这两点历史知识也没有？

有人统计，中国曾出现过 466 个皇帝（这个统计不知从何时算起，也不知是否把许多小皇帝统计在内），总之，中国记名的不记名的皇帝，是很多的。皇帝们吃得好，住得好，如今，许多“明款儿们”或“暗款儿们”，在这方面比皇帝享受有过而无不及了，比之皇帝的三宫、六院、七十二妃来说，可能有点逊色。所以，羡慕皇帝的幽灵，常常穿魂入魄，皇帝与美人的戏文与戏说，如长江大河流淌不息了。从努尔哈赤算起，满清十二帝及其后妃们已经不知登台多少次了，还不知要忙到何时。

中央一再要求艺术家深入生活，而深入生活实在难。人民艺术家要深入的生活，是“上帝”（工农兵）的生活，不是有人说的“到处是生活”。但“到处是生活”论是很有影响的。坐在城里忙着赶场接收礼品或红包的生活；给广告撰写数十字，或画一幅画，或出演一下，轻而易举地拿几千元（入了明星格的则是万元以上）；由企业或企业家给出优厚招待，在雅室之中为之树碑立传，十万字拿几十万稿酬，是容易的；与星办合作社，也是利如涌泉的。这都是“生活”?!

艺术家们，应适时摸一摸自己的良心了。

这些话，是微弱无力的。但愿它是“起于青萍之末的”清风。

附：

“审判官”的愤怒
——中国向电视不良镜头开刀

宁友

一位4岁女孩和母亲一起在家看电视，电视台正在播放一部译制片。“刚才的主角很性感”，女孩把上衣一脱，肩一扭，“妈妈，这就是性感。”母亲大吃一惊。这是女孩的母亲讲给中央电视台审片组组长陆善家的话，而陆善家又在最近举行的全国电视剧规划会上讲给与会者的一个发人深省的事例。

陆善家认为，现在的确已经到了整顿我们的“荧屏形象”的时候了。

作为中央电视台的“审判官”陆善家和他的审片组一起毫不留情地剪去了诸多他们认为不宜露脸的镜头，如内蒙古一部电视剧中有一组男女主角同浴的镜头。在去年的电视剧题材规划会上，陆善家与该剧导演王新民彻夜长谈，要求他把这组镜头剪去，尽管这一镜头并不是“为浴而浴”，而确实是故事发展的需要，但“这头不能开”。最后王新民忍痛割爱。在《趟过男人河的女人》中编导也应审片组的要求删去了一些“性感”镜头。

对于一些过分渲染暴力、血腥的镜头，陆善家同样提出：“能否更含蓄点”，因为它们对孩子稚嫩的心灵也会有不良刺激作用。

陆善家呼吁，荧屏多一些大气的东西，多一些对民族、对国家的思考。群众并不喜欢矫揉造作、胡编乱造的色情暴力片，而喜欢有教育意义的作品。

一些电视台对播出的片子不严格审查，让一些有思想偏差、质量不高的译制大片大摇大摆地闯入本该洁净的荧屏天地。有关电视专家呼吁：中国应早日引进电视分级制，以免使孩子误闯“情网”、“性网”。

摘自1997年5月17日 《武汉晚报》

旧话新音

话，说的是半个世纪以前的旧话，却赋予了新的韵味："希望我们永远和人民站在一起，永远不要背弃人民，只要有一天和人民断绝关系，我们的作品就会黯然无光，人民也就不需要我们了。"重在"希望"二字。

希望与失望是矛盾统一，在失望的时候，失望循着物极必反律前进，便给予了人们希望。希望，是随失望而上升的；失望沉重时，人们急切地希望新的光华。新的光华常常是火星，却是希望之力量，人随之奋斗，化希望为现实。若红同志之希望，正在于倚身于希望之星火，求其成为燎原之势，则社会主义的人民艺术大兴。

这是必然的。

这又是一个艰苦的斗争过程。

看来，怕"竹签子插进指甲里"是不行的。

想到人民，愿为人民奉献一切的人，是无所畏惧的。"舍身求法"的人是创史的人，也是人类文明的脊梁。我学着《红灯记》里铁梅的唱词，诌上几句吧：

听罢若红几句话，言语不多道理深。
失望之中长希望，皆因上帝是人民。

附：

画家独白

记得在延安文艺座谈会召开的前几天，我们几个画漫画的同志到枣园去看望毛主席，主席留下我们吃饭，饭后有一个同志对毛主席说：我什么都不怕，只怕敌人把竹签子插进我的指甲里，如果遇见这种情况我怎么办呢？毛主席看了我们一眼，神色凝重地说："你应想到人民……想到人民！"毛主席这句话对人有很大启发。我想，革命的最终目的，无非是让人民大众能够过好日子。既然为这样一个神圣的目标战斗，当然连死也不怕。毛主席三番五次地对我们讲到人民，他的用意我是能够理解的。我想，我们文艺工作者有个特点，既是脑力劳动者，又像是个体手工业者，很容易把人民的文艺事业看作是个人的事业；失意的时候还能够和人民站在一起；得意的时候，就往往把人民抛到九霄云外。这种情况在历史上出现得还少吗？毛主席在《讲话》中一再提起人民大众，就是希望我们永远和人民站在一起。只要有一天和人民断绝关系，我们的作品就会黯淡无光，人民也就不需要我们了。

（蔡若红）

摘自1997年5月15日《人民日报》

这篇文章实在好

这篇文章实在好！好在哪里？

好在它告诉我们“法律面前人人平等”的事不是自存的，是取决于执法的人的。7月27日中央电视台“焦点访谈”报道了广西马山县委书记带头花三百余万元修豪华办公楼，买外国汽车，受到纪委检查，因为他不顾人民的贫困自谋奢侈享受。这当然是应该检查处理的。中国一句俗话：“小巫见大巫”。马山县委书记的奢侈，花了三百多万，比起花亿万元盖办公楼或其他享受的，恐怕也就是小巫与大巫比而已。小巫受检查，那么，大巫该如何处理？

还有，“去了不应该去的地方”，也应解一解：“大人”辖区竟容许有“不应该去的地方”，而且自己知道，竟敢去，这与“明知故犯”是否有别？“大人”被拘留之后，以“没有做不应该做的事”解脱，说得通么？

“法律面前人人平等”，在这些事实面前，最高明的律师能解得明么？这些事例中的犯法者与执法者到底谁是法盲？

科学技术突飞猛进，哪位科学家能发明一架使法律能自动落实的机械，那将是对人类最大的贡献。

我坚信：这种机械是不会出现的，也不会许它出现的。其原因，不说可以自明。

附：

欲×之罪，何患无词

伊索寓言说，世界上最好的是舌头，最坏的也是舌头。老吏断案，“事出有因，查无实据”和“查无实据，事出有因”，虽然只是把两句话倒转一下，结果却大不相同，前者，当事人可无罪释放，后者，就要承担责任了。人们津津乐道这两句话，大约并非限于赞成语言魔术的奇妙吧。

法治日益昌明的今天，语言的魔术却并非全部失掉施展的余地。欲×（加或减）之罪，何患无词！

某家失窃，被窃去三万元。报案后，案未能破，失主却被处以六万元的罚金。理由是：该地正在进行安全评比，在日限之内如果平安无事，可得到相当数目的奖金，这一下子可倒好，一家失窃，奖金泡汤，鸡也飞了，蛋也打了，这重大损失不由失主补偿由哪个？罚她六万还是客气的。窃贼逍遥，失主有罪。自从盘古开天地，三皇五帝到如今，哪个法律里面能找到这一条呢？——这里用的是加法，蛮不讲理，强词夺理的加法。

真是无奇不有，竟也有滥施减法的例子。

某市一位在当地算是不小的官，钻进了那种搞特种服务的歌舞厅，不巧，鲁莽的“扫黄”执法人，不问青红皂白，将这位大人捉去拘留了。这下子可给当局出了个难题，“法律面前平等”了，怎能“平等”到这位大人头上呢？不但卑职不敢，而且连心连肉。于是，语言的魔力终于降临笔端，说是该大人：“去了不应该去的地方，但没有做不应该做的事。”妙哉妙哉！这句话的发明者，真该授予“语言魔术大师”的头衔。

然而，魔术不过是障眼法，经不起推敲。“去了不应该去的地方”，不通。作为行政官员，在自己的辖区内，凡公共场所，若为了执行公务，有什么地方不应该去呢？扫黄，自当身入黄窝，不能只在门外打转，长官躬亲，更见重视。去得，去得，去得的。“没有做不应该做的事”,更不通。您不是执行公务,钻到那种地方干什么呢?尊驾此行,想来不是被妖精的黑风挟来的。而是自觉自愿地走来的。那么,莫非却如同唐僧进了盘丝洞,打坐在洒着香水的席梦思上,任凭妖精百般进行性挑逗,您只是二目紧闭,双手合十,不住地叨念阿弥陀佛吗?就算是这样吧,那么打进洞来的“孙悟空”,为什么不忙加解救,反而把您和妖精一起捉了去,关进拘留所呢?

加减法的魔术虽然奥妙莫测,似乎还是有若隐若现的轨迹可寻:看人下菜。可见,加强法制,有法可依,还需执法公正。

(刘征)

摘自1997年7月29日《人民日报》

要做这样的诗人

毛主席给陈毅同志的信说:“将来的趋势,很可能从民歌中吸取养料和形式,发展成为一套吸引广大群众的新体诗歌。”这话是有道理的。《诗经》里的诗百分之九十是民歌。《诗经》之外,《书经》里的《五子之歌》也是民歌。诸子百家书中零碎保存的《击壤歌》、《涂山歌》之类也是民歌。至于文学史中的脍炙人口的名篇《孔雀东南飞》、《敕勒歌》、《江南可采莲》、《木兰辞》、《江南弄》、《乌夜啼》等,无一不是民歌。古诗十九首是文人仿民歌的作品。这类作品才是古往今来为人民大众喜闻乐见的作品。全唐诗收集唐诗48900余首,作者2200余人,却没有收王梵志的诗。官家不收,“高人”不收,人民收。人民群众用鄙陋文体抄写的28种敦煌写本中,保存了王梵志诗336首。他的诗不是咬文嚼字,自炫多才的诗,是“直言时事,不浪虚谈”。“不守经典,皆陈俗语”(《写本原序》)的诗;是对社会中腐败现象,人们灵魂中粗俗卑恶气味尽情揶揄嘲讽、诣谑调侃的诗。其风泼辣,颇能针砭顽俗,补弊救偏。“真正的通俗诗,才是真正的民众所能懂,所能享用的通俗诗。”(郑振铎语)正因他的诗说的是人民的话,道的是人民的情,人民认为“家有梵志诗,生死免入狱”,人民才辛辛苦苦地把他的诗抄下来,郑重地藏在敦煌石窟,千年之后,得见天日。

人民的诗人必须植根于人民之中,并甘心做个极平凡又极高尚的人。

人民的诗必须出自人民的心，道出人民的情，必须无情地鞭挞败世恶俗，以保卫人民灵魂的纯洁、高尚、伟大之质。

人民的诗必须说人民的话，“凡乐章古辞，今之存者，并汉世街陌谣讴……之属也。”(《晋书·乐志》)

长阳刁久兰同志的诗，颇得民歌之长，刁于民心、民情、民俗，创作了以长阳民歌为体的诗作。长阳是山区，他的诗充满了山味，得到了山区人民的赞许，他去世了，他的诗活在人民之中。

诗源于民歌，是铁的历史；诗的生命，在于用人民的语言道出人民的心声，这也是历史证明了的。李商隐的诗虽然高妙，也只能为少数“雅人”欣赏，与普通百姓是不相干的。至于那些酒足饭饱之后欣赏女人大腿的诗，当然与战天斗地创造历史的人民不相干了。人民需要鼓舞向上，做人，不做牲口，做高尚的人、纯粹的人、真正的人，做开创历史新篇奋斗的人。不需听无病呻吟，靡靡之音，不需要“群居终日，言不及义”，浪费年华。

要做这样的诗人，就要与人民滚在泥里、水里、山里、田里，同呼吸共命运，向他们学诗。承认“匹夫庶妇，讴吟上风，……志感咸篁，气变金石”(《文心雕龙·乐府》)。

"太阁"的城堡

日本有一本书名叫《太阁的身世》,书中所说的"太阁"指的是丰臣秀吉。书上一开头,就写丰臣秀吉的长相和身世。是这样说的:

"幼名猴子,改名藤吉郎,后为筑前守。"

又说道:"信长公赐其羽柴姓,故号羽柴筑前守。后任关白,蒙天子赐丰臣姓。……太阁的儿子及女儿生于阋地,地号瑞龙院。此姐弟二人为同父同母所生。"

丰臣秀吉是日本历史上一个名人。经过他的努力,征服了日本当时的许多割据势力,基本上统一了日本。他死后,丰臣家族的势力衰落,德川家系取而代之,这便是德川幕府时代。明治天皇灭了德川幕府,日本才开始了以天皇为首的握有实权的封建统治帝国。

丰臣秀吉曾作为天皇手下的掌权者,其官名叫关白,相当于中国的宰相。开府于大阪。在那里他修建了一座城堡。他死后,这个城堡曾于战时烧毁,后来按照原来的格式,又修了起来。

这座城堡位于大阪市内,跟大阪市的现代建筑物形成了鲜明的对比,对于日本人民来说并不感到格格不入。它在一群现代化建筑物中,增加了清秀奇巧的味道。

城堡的四周,围着一条清澈见底的护城河,河水边长出青青的水草。当你被这美丽的景色吸引住时，只会感到清秀可人。可是，你走过了桥，不等你进入城堡的大门，堆成城堡的大块石头，一股子雄威劲，马上使你感觉到丰臣秀吉当年的凛凛风貌。那些大块石头，都是花岗岩，合边对缝，干砌在一起的。石头的颜色灰暗刚烈，每块石头约有两吨重，棱角锐利，威严壮气。

“运这些石头该用多少人力呀!”

我说。

“最大块的石头还在里边呢!”

日本朋友说。

进了门，迎接我们的是两棵大树。树身的背后，是一面抛光的石壁。我向四处搜寻，想找那块大石头的边缝，都没有找见。

“就是这块最大，有一百三十多吨重。”日本朋友指着光滑的石壁说。

我顺着他的手指再看，可不是嘛，这道石壁的一条缝，跟另一块石头的对缝在大树的一侧连在一起了。我才发现跟这块大石头并立的还有一块与它同等的大石块。

“那一块也不小呀!”我说。

“它还是小点，才一百二十来吨重!”日本朋友说。

走了一段平整的路，只有路侧尽是青松和草坪，一群群的鸽子围着游人打转，有的正停在人们的手上吃东西。原来它们也跟奈良的鹿一样，会向人讨吃的。我们每人买了一包鸽食，零星地向它们撒去，它们马上跟我们建立了亲密关系：落在你的手上，扭着头看你；你把几粒食向空中一抛，它会翻着跟头去接住。这是鸽子独有的舞蹈。

“最高堡垒到了!”日本朋友说。

本来我们是奔着这个最高建筑物来的，一时却把它给忘了。日本朋友一提醒，这个象征着权威与孤独的堡垒耸立在跟前了。

这个建筑物很奇怪，四面环山，外看是三层，内里是五层。从远处看像一座宝塔，象征着威严；从近处看，它不过是用巨石堆起的楼台。这个建筑物的上层，可以俯视大阪全城，居高临下，向四面敌人射击。古时，只有弓箭，没有炮，攻城时要用云梯，勇士们攀梯往上爬。一般的城墙都是上窄下宽，形成了一个小小斜面，敌人就可以借梯攀砖，登上城头。丰臣秀吉为了避免这个缺点，在堡垒的最下层，垒了一道外向弧形的墙壁，不但有外向的弧度，而且把石面磨得精光，使敌人完全失掉攀登的条件。他的苦心经营，象征着他的孤独。

重修后的建筑物里边，安上了电梯，上下很方便。里边弄得很清洁，有卖纪念品的小柜台，也陈列了有关丰臣秀吉的图画和物件，也有一尊丰臣秀吉的塑像。塑像完全按日本武士的坐态做的。气势很庄严，只是丰臣秀吉的头，显得小了些。

“有人说秀吉像猴子，你看像不像?”日本朋友说。

其实，我一见这个塑像就有了猴子的印象。

到了最高层，向东望、西望、南望都是一片高楼之群；向北，面对大海，海里修了若干堤，岸边修了成行的马路。这景色越发感到这座城堡的威势。

丰臣秀吉曾在这里威震日本全境，把天皇家族挤在一边，过着清苦的日子。

孝明天皇逝世后，明治天皇登位，雄才大略，怀着“八纮一宇”的壮志，要统一日本，还要征服世界，把各国纳入明治天皇统御的“一宇”之下。

当时，天皇家庭处于贫困之中，缺财少力，举步艰难，得到了三井，三菱两个家族的支持，才兴发起来。

不但明治天皇兴起了雄心大志，三井，三菱家族也兴起了雄心大志。

日本小学教科书上有一则课文曰：“黑船来朝”。这课文写了一件史事。

十九世纪上半叶，美国军舰曾到过东京（当时日本的江户）口岸。这种船很大，以蒸汽机为动力，行动方便，速度也快。日本人一边羡慕它，一边又怕它、恨它。便有人潜水下到美舰的底部，用钻子凿，想把它凿漏，费了大力，无功而返。日本才发现了美舰是铁甲船。全国人民大吃一惊；天皇、三井、三菱也大吃一惊。他们认识到：如果日本不能造出这样的船，就休想与美国并立于世界之上。明治天皇想：不但要赶上美国，还要超过美国，立志做到"八纮一宇"，得到了三井，三菱家族的支持。

三井、三菱并不是现在的掌握了高度现化产业的日本垄断财团，他们只不过是开钱庄的小老板。但明治天皇靠他们的支持，不但削平了德川幕府，而且快步地发展了现代资本主义。

日本国小、人少，资金积累困难，它用了极大力量抓现代化技术，创造了日本的陆军和海军；用军国主义思想训练了人民，使人民献出了大量血汗和生命为天皇效力。甲午战争打败了腐败的满清政府之后，又打败沙俄。参加 1900 年八国联军入侵北京。在这些侵略战争中，日本得到了三亿五千万两白银的赔款。这是日本资本主义最大最快最现实的资本积累。从一个没有重工业的国家，变成了一个拥有重工业、冶金工业的国家，变成东方的拥有现代化技术的国家，真正的帝国主义。

我徘徊于大阁的城堡，想到了我国的无数城堡，特别是万里长城。中国的文化光荣传统，曾经在二千年的光阴里，在世界上大放异彩。光荣，是过去的称号。未来的光荣，是要用新的思想认识和力量，克服迎面而来的重重矛盾，才能得到的。

满清的腐败政府，当然不懂这些，所以败亡了。日本的丰臣家族，德州家族也不懂这些，所以败亡了。

丰臣秀吉在世时，其智慧与谋略，确曾高人一筹，显赫一时。他只看到了胜利，不懂胜利是过去的历史，新的胜利，要在克服新矛盾中去争取。他和他的儿子丰臣秀赖都停滞于辉煌之中，冥冥地堕入腐败，走进了另一个必然——败亡。德州幕府也是如此的。

大阁的城堡果然精巧，果然坚硬；但一切堡垒都可以从内部攻破。内部的敌人，可以是内奸，但最不可战胜的敌人是精神腐败。古今中外都是如此的。

我叹服太阁城堡的建筑艺术，我也为丰臣秀吉由英明走向糊涂叹息！

2005 年 6 月 26 日

我想开个旧书店

我想开个旧书店，但我没有钱。我想借些钱也好。不过，我也明白：我借钱等于老虎借猪。债权人当然也明白。所以，借钱的想法也是自己给自己画饼充饥。

想来想去，还是没门。

没门，也堵不住我想办个旧书店的念头。人，往往这样顽固。

顽固归顽固，也有个说头。

因为我与旧书和旧书业结缘太深。

20 世纪 30 年代在北京念书，总想买点便宜的书，便经常到琉璃厂、隆福寺、东安市场、街道上的书摊上走走。看到许多喜欢的书，买不起，可以顺便翻一翻，过把瘾；偶尔也买一本两本最贱的书。虽然买书不多，却跟那些贩卖旧书为业的人们混熟了，短不了随便聊聊。一来二去，我才知道贩卖旧书是一门了不起的学问。

人常说“藏富于民”，却没人说“藏文化于民”。实际上，旧书业者知道有无数的文化书册，散存于民间。

敦煌石窟藏了大量文化书册，这是大家知道的；甲骨文的骨板是王懿荣先生最先从卖“龙骨”的小商贩手中发现了的；以往的官僚大贾，有些人有文化，也爱文化典籍，像“天一阁”的主人创办的“天一阁”藏书楼，保存了最多的地方志和一些其他文化精品（可惜的是：迄今还没有把那里的藏书精品印出来，一旦遇到大火或战乱，难保不毁于一旦）。明代项墨林收藏的大批书画珍品、大都归入大清皇家了；徐文长的《四声猿》剧本，是袁中朗在朋友的书架上发现的；沈三白的《浮生六记》（缺了两记）是人们在旧书摊上发现的。一句话：许多民间的藏本是各大图书馆里找不到的。

许多大学教授如胡适、刘复、钱穆、汤用彤等都与贩卖旧书业者是朋友，经常向他们求助，搜寻稀有版本。胡适的《四松堂集》，就是东安市场的书商帮他找到的。

中国的旧书业曾遍及全国各城镇。解放初，还存在着。田家英同志收集有满清一代学人的札记，书家的珍品。他收到的郑板桥墨本，是独一无二的。邓石如一副对联“海为龙世界，天是鹤家乡”的真迹，是田家英在上海的一个旧书摊上买到的。邓拓等同志收集的也不少。我在武汉旧书市上买到过一部清代最珍贵版本的《二十四史》（文革时毁掉了）；在书摊上买到过浑南田的没骨画册页，等等。我也曾请书商帮我找齐了《王荆公全集》。

在日本，旧书业也极盛。东京神田区有一条街，全是旧书业。二战期间，这条街全烧光了。二战后，又原样地恢复了。在这一点上，日本人比我们高了一筹。

旧书业经营者，不但收售旧书，而且是“版本学”者蕴藏处。琉璃厂出了一位驰名中外的版本学者——雷梦水。他从小在旧书业里当学徒，活到八十岁。他经的多，见的广，对各种版本书的优劣和出处，了如指掌。许多教授和日本学者都向他请教，以判明版本的真伪优劣。

此人去世了，著有《贩书偶谈》，详记了各种版本的源流。

“版本学”现在绝迹了，或基本上绝迹了。这不能不说是传统文化的一大损失。

“礼失而求诸野”。我想：振兴旧书业，其中的人才也会出现的。

这就是我顽固地想开旧书店的原因。再请有兴趣的君子，到汉口看看那几位被赶到窄巷里卖旧书者的可怜相。

我希望多财善士，恢复此业。

2005年7月11日

我也说两句

大家在讨论“天龙八部”等应否纳入中学教科书时，我们不妨看看中国古人对“侠客”的不同说法。

司马迁在《游侠列传》中采取了折中的说法：“今，游侠其行虽不轨于正义，然其言必信，其行必果，已诺必诚……盖亦有足多者焉。”

韩非子持否定态度：“侠以武犯禁。”

庄子《论剑篇》也持否定态度。庄子认为“天子之剑”可以治国平天下，“诸侯之剑”如雷霆万钧，可服四封之内。“庶人之剑”不过是“蓬头突鬓，垂冠曼胡之缨，短后之衣，瞋目而语唯，相击于奇，上斩颈领，下决肝肺”，“无异斗鸡，一旦命已绝矣，无所用于国家。”庄子笔下的“剑”字，实即“侠”义。

“春秋”“战国”所载侠客不少，如荆轲、专诸、豫让、安离等，以及孟尝、信陵、平原、春申之养士，其特点都是：食人之禄，忠人之事，以死赴之。他们舍命以报的是个人恩义，杀人不依法，不计经国大义；连荆轲在内也不过如此而已。

所谓“行侠仗义”，其内涵不过如此。司马迁开头一句评语“其行虽不轨于正义”，与韩非、庄周的评论是同义的。

从唐代传奇所载“红线盗盒”之类的私家侠客，到后来的多种武侠小说描绘的侠客，大抵都是门派之争，或个人恩怨之争。这与爱国主义教育精神不合。

加上许多反科学的“气功”或其他功夫，不止飞檐走壁，而且飞行于巅峰之间，树梢之上，比 20 世纪 30 年代的《火烧红莲寺》的侠客还要神奇。有的青少年为此着迷，走访武当，远探青城。还不该引以为戒吗？

20 世纪 30 年代“六合派”的前辈赵鑫洲曾当过我的老师，他的入室弟子万籁生，是全国首席武术大师。赵鑫洲与他同时的大师杜冠武等，谁也没有吹过现在武侠小说中的那种轻功。

我对青少年受这种文化教育持疑。

2005 年 8 月

一个受人尊重的艺术家

——读《张振铎画集》有感

我与张振铎先生接触不算多，以往大多在会议上见面，有时也在我家中见面。他给我的印象是：淳厚、纯朴、老诚，没有世俗之气。

从他的履历年表中，得知他一生在坎坷中奔波，致力于深入社会生活与艺术的实践，追求绘画艺术的灵境。他本着“人要服从工作需要，不能工作等人”的宗旨，把艺术奉献给新中国的建设。解放初期，画油画人物不是他的技艺所长，为了工作，他还是努力地画了马、恩、列、斯的像，得到大家认可；他深入黄石源华矿区，了解工人的实际生活，画了很多工人速写，也画了大量的花鸟、山水写生，以满足人民群众生活需要。为提高自己的艺术修养，持“受益多者是吾师”的态度，向前人学习，向同行学习，向社会生活中的普通劳动者学习，所以他的作品表现了现实生活中的自然美，朝气蓬勃，欣欣向荣。

振铎先生幼年时，刻苦学习中国传统的诗词文赋，为以后的美术创作打了良好的文学基础。自幼受家庭熏陶喜爱绘画，17 岁就考入上海艺专，系统学习中国画理论技法。后与潘天寿等人创办了《白社》国画研究会，研习中国画之创作，举办画展。1943 年与关山月、吴作人、赵望云等人旅行写生，游历了名山大川，开阔胸襟，并西赴敦煌名窟，拜读古人艺术之精髓，细心琢磨探索，铸成自己的艺术风格。

一些人评价振铎先生的作品，誉之为“大气磅礴，形神兼备”，不为溢美之词。之所以有如此成就，是由于他有艺术理论上的造诣。

振铎先生认为，只有深入实际，才能创新。社会生活，自然境界，万事万物，日新月异。不了解客观事物上的变化发展，便不可能有艺术上的发展创新；不了解古代文化的优良传统，便不可能继承发展。客观事物是艺术的“源”，文化传统是艺术之“流”，深入实际以开“源”，继承传统以续“流”，是艺术创作的需要。振铎先生在这两方面下了功夫，形成了自己的绘画特征。

振铎先生对深入实际，如何发挥艺术家的主观能动性，有其特有的体会。他认为“写生达到变化自如，才是高级阶段”。形似并不一定能传神，甚至有可能损神。如何达到形神兼备，这是艺术家必须追求的。这个“追求”功夫，便是艺术家主观能动性的发挥。他要艺术家于事情的表象中捕捉到“神”之所在。山有“山气”，“气”就是“神”。一般人把直观感觉到的“形”作为创作的“形”。黄山莲花峰是锯齿形的山峰，但这并不能表达黄山。而刘海粟所绘的黄山，有黄山之形，亦有黄山之“气”，使人的视觉能感到这是黄山之“气”，这就是黄山，而不是“武夷山”、“雁荡山”。苏轼说的“胸有成竹”，不是直观感觉的“竹”。振铎指出的“变化自如阶段”，便是把客观事物“艺术化了”的阶段。初学写生，避不开形似不传神这个阶段，但这个阶段必须上升到“变化自如”可以传神的阶段，否则只能停留在习画的初级阶段。迄今这还是真理。

振铎先生主张：“神以形主，所以传神。神离开了形，神情焉附？”这是非常重要的。“形”不是直观感觉的“形”，而是艺术化了的“形”；这种“形”，是摄动之“形”，是神形统一之“形”，是艺术家创作之“形”。而一些所谓的现代派，舍形而取神，是没有根据的。

振铎先生一生追求艺术的境界，铸造人民喜闻乐见的艺术品，满足人民文化之所需要。它是一位人民喜爱的艺术家，受人尊敬的艺术家。

我读毛泽东与鲁迅

衍庆同志：

接到你的信与文，阅读之后，非常高兴。你的文章论点是正确的，是充满着无产阶级革命的激情的。时代正处于共运低潮，虎鼠满街跑，最需要有猎人站出打虎捕鼠。

从文章中可以看出你很勤奋努力，读书又勤于思考。现在需要这样做，才能在纷乱中见到真理，在晦暗中看到光明，在孤独中看到人民的力量和历史的必然走向。

对于毛泽东、鲁迅，有三种态度：1. 谩骂、造谣，置之死地而后快，连当年对他们喊万岁的人，有的也在向他们泼粪水了。2. 有的口头上夸赞他们，但不懂他们是伟大的马克思主义者，无产阶级战士，面对着现实敌人，不敢发挥他们留给我们的战斗精神。这些人多半是"油子"，借颂扬死人以扬自己的"油子"。他们传播着世俗的伪君子精神，不但不能发扬毛、鲁的革命精神，反而把他们化为世俗的庸人。3. 学习毛、鲁的精神实质，像他们那样为人类解放而战斗，无求无悔地战斗。自己不必看到最后胜利，而最后胜利总会到来；他们与人民永远共享胜利的辉煌。因之无所畏惧，生也如是，死也如是。革命低潮时最需要这种人，而他们正是低潮中、挫折中的中流砥柱。只有这种人才不会被金钱的锁链拴着当猴耍。疾风知劲草，俯首甘为孺子牛，实在不易，其可贵处也在此。

你的文章指出“鲁迅已经从进化论者转变为马克思主义的阶级论者，从一位激进的民主主义者转变为伟大的马克思主义者”，这是非常正确的。有些主观上善良的人，总把他当为一个进步的文学家、超阶级的人物对待。主观上虽然“善良”，实际是不懂鲁迅，说得再好，也是隔靴搔痒，散布庸俗。

毛泽东、鲁迅是民族英雄，但不同于文天祥、史可法。后者是忠君保国的英雄，以儒道思想为支柱的英雄；前者是以无产阶级思想为支柱的民族英雄。他们二人之所以成为民族英雄，是因为他们以解放人类的共产主义为矢志的，因此，他们也不止步于民族解放。民族解放是走向共产主义（社会主义）的一小步，真正的万里长征才走了一步，这种特殊型的民族英雄是前无古人的。

现在，动不动就说毛泽东、鲁迅是民族英雄，不提他们是共产主义的民族英雄，实际是有意把一个共产主义者贬为民族主义者，搅乱人民的视觉。这样做，他二人的身份，自然比不得“孔圣人”，尊孔读经，宣扬孔子，便顺理成章了。这是资产阶级自由化的另一面。

孔夫子的身份在春秋战国并不太高，只是百家之一分子。到了汉朝“尊儒术，黜百家”之后，经过历代帝王有意吹捧，才成了“大成至圣文宣王”，亘古一人，德配天地了。走向死亡的阶级，无法在现实中找到支柱，总是求救于木乃伊，因此孔子又走运了。但借尸还魂是无济于事的。

读你的文章，一兴奋，便扯了这许多。不是妄为人师，同志交流思想而已。望勿哂笑。

2007年5月11日

为《陈赓大将》叫好

我看了《陈赓大将》，赏心悦目，感受到一次美好的享受。

剧作、导演、演员及全体工作人员的合力，塑造了一位形质兼备的共产主义战士，一个真实的陈赓同志。为了实践共产主义理想，他威武不屈、利禄不移、居官不骄、有利不贪；依靠集体长才智，依靠人民长力量；他自始至终是集体的一员，是与人民平等的一员。

有着共产主义觉悟的陈赓同志，在革命的共同战线上可以不顾凶险地抢救蒋介石；而在蒋介石叛变革命与人民为敌时，陈赓同志便横眉冷对，以铮铮铁骨抵抗了酷刑；以高昂的品格排斥了利禄的诱惑；以冷峻的正气摧折了叛徒的嘴脸；以豪迈的勇毅，冲出了敌人的樊笼。这就是马克思主义原理与实践的统一，这就是马克思主义的爱憎分明。有着共产主义信仰的将帅，未决之前慎思，既决之后猛进。七亘村之战，敢以弱胜强；神头之战，敢于敌人脚下设伏，活画出了马克思主义武装的陈赓同志。在战争中，他善于审时度势，虚实相应，善于把服从命令与最佳实践结合起来。中央命令陈赓率部队去保卫延安、保卫毛主席，这是不可改变的，但什么样的方式才是最有效的，这是执行命令的人必须思考的。陈赓同志认为北上不如南击，他的想法与中央不谋而合，焕发出了无比的力量，消灭了胡宗南的天下第一旅。这个场面的前前后后，都是有声有色的。

兵民是胜利之本，何谓爱民？在战时，打胜仗，消灭反动派。解放人民，就是最大的爱民。陈毅曾说："我们的胜利是老百姓用小推车推出来的。"人民的支持是胜利的保障。爱民与爱兵是不可分割的，陈赓同志看到一个连的战士在错误的指挥下牺牲了，非常难过，他责备了那个指挥员，但陈赓同志内心之痛苦是说不出来的，他没有把责任全部推给别人。这种把责己作为爱兵之内涵，是非常难能可贵的。在这个场面中，形象地塑造了一个真诚的、出自肺腑的爱兵的陈赓同志。《陈赓大将》20集，生动地表现了人民战争的战略和基础在于：与人民共求解放，不但求民族解放，而且求消灭阶级、消灭私有制的共产主义的解放，即全体人类从资本奴隶地位下永远地解放出来。为了这一点，陈赓同志战斗一生，并因此赢得了伟大的共产主义者称号。

在伏牛山区，陈赓同志用了"牵牛"战法，利用了山区地形的优势，最后决战而胜之。这不仅表现了陈赓同志的机动灵活，更表现了他没有被烦闷和同志们纷乱的意见压倒，而将这些意见作为深入思考的养料，从而找到了跳出迷惘、走向胜利的道路。在《陈赓大将》的整个篇幅中，没有把他写成智力超群的诸葛亮，也没有把"人民战争"当作教条，这是一个真实的艺术形象。这个情节刻画出了陈赓同志尊重现实，尊重同志，消化众人的意见，从无路中找路的过程。这是真正的民主。这种刻画是对生活内在规律的刻画，是难能可贵的艺术。

自古道："大将受命忘家，临阵忘身。"我们的战士视死如归，于是有人说我们是冷血动物或"圆木"，或者说董存瑞、黄继光是艺术想象的产物。这不足怪，没有共产主义坚定信念的人，只能这样想。然而对于革命者来说，一道命令下来，只能是陈赓与傅涯分别时那样简单，这是战争中很多人亲历了的。——是不是没有爱情，没有亲情？不是。这种情感尽在不言中，尽在革命重大责任的委托中。傅涯说:“爸爸做的事都记在这个日记本上了。”其实,陈赓已做或未做的事,都记在爱人、同志和人民的心上了。临别时的招手,举在空中久久不落,这其中的情意是无量的。在这些方面,电视剧用了若干看似平淡实则意味深长的手法:如傅涯的约法三章、与陈赓病床相守的抚爱、诀别时紧握的双手,表达了革命者爱情的深厚。这是革命的需要,不能说这是无情。电视剧的作者,在这里创造了革命爱情的艺术形象,革命中的爱情是生死相依的,但爱情总是要服从革命事业的,为革命可以牺牲一切,包括爱情。在这里,个人之爱是充满了共产主义思想的融合体。

在生活情趣方面,陈赓同志有其特殊性,《陈赓大将》中有形象的表述。在作战科长去检查战场时,作战室无人,陈赓大为生气。而当作战科长端着一盆红烧猪蹄进来时,他先是责备了作战科长,后来就闻香而大嚼,活画出了陈赓诙谐的性格。这一节与“陈赓想你了”一节相配合,简直是珠联璧合。对这些生活插曲的捕捉,是剧作者可贵的探索,既不流于俗套,又恰如其分。

在剧中,陈赓同志自始至终都以静穆刚毅的神态出现,他有翻江倒海的雄健,却没有侠客刀客张牙舞爪的皮相,在观众面前展现出一种面无表情的刚毅,这是一种无戏而出戏的表演艺术;是“发于心腑,畅于四肢”的艺术。这才是“浑身都是戏”、“每个细胞都充满戏”的神韵。侯勇在饰演中表现出了不循常规的艺术造诣。不只他一人,应该说,全体演员都避开了哗众取宠、追求掌声的俗套。这个片子对于人民影视的发展提供了宝贵的经验。

金无足赤,人无完人,要挑毛病总是有的。女人生孩子的镜头,似可不要。作者当然想用这个情节表述两个方面:一是陈赓同志不顾家的牺牲精神;二是为革命承担责任的精神。其实这可用别的方式来表达。最近《长征》、《黄土岭之战》中都用了生孩子镜头,我以为这是呆板的俗套,不可取。此外,王根英帮助陈赓脱险的镜头,似应用重笔。二人会面时,用了深情压抑出来的镜头,是很好的。这中间似应加上二人对根英出牢战斗的憧憬。根英的牺牲不应以一句话带过，应有适当的描述。这是我的一点看法。

2006年11月

评《天女散花》的表演

我看了北京京剧院谭娜演的《天女散花》。

《天女散花》,《尼姑思凡》,《林冲夜奔》,都是独角戏。独角戏的特征是:角色周围没有与这纠葛的社会人物,一切矛盾都在角色的内心之中。思凡的尼姑内心充满着思凡的矛盾,舞动起来,尽显其蓄发后的空幻乐趣,与现实生活的零丁孤苦。林冲夜奔中的林冲满怀尽是冲霄怨愤,现实则是英雄落难,舞动中尽是冤苦斗志的风神。这两折戏,虽然没有角色陪伴的矛盾,却有明显的烦懑,舞动起来,还可以因心出色,以色写心,使观众的心情飘然动荡。

《天女散花》这一折戏,十分特别,既无角色与外界的矛盾,也没有角色内心的郁结。她无所思,无所恨。若按矛盾显神魂之规律,天女之舞蹈简直无所适从。

可是谭娜表演得很好。

好在哪里?

好在她给了观众飘逸舒净的享受。

这是在纷纷扰扰的世界里用金钱买不到的美感。

演员的眼神与手式,身段的舞形,两根绸带的飘动,组成剧外的无声音乐:不是"梅花三弄"的简单曲折;不是"十面埋伏"的铁马金戈;不是"渔家晚唱"的杯酒长啸;而是曲调多变,节奏分明,好一派"广陵散"也。其柔也,弱柳舒烟;其静也,秋水寒潭;其逸也,柳絮飞天；其净也，鸟语花间；其靓也，百艳竞鲜；其焕也，喜绽红莲。斯时也，天女合十，心底无念，眼光煦煦融合于大千，真地一派空灵光彩，给人以飘逸舒净的享受。

这一折戏的矛盾在哪里？

在于人与自然的矛盾统一。人与自然是矛盾的：水火风雷，雨雪冰霜，与人的矛盾是冷峻的；但大千世界又有春光明媚，白花争艳的好时光。人如何享受这大好时光？有的纵酒伤神，狂歌败性，或悲好景之不长，或叹红颜之早衰。天女之善于享受大好时光，大异于常人。她无私无欲无得无失，人与自然合一，与自然同光。这顺时顺势之享受，才有真乐，乃是实在的。

天女散花的角色，必须有空灵的心情。在这一场表演中才不会出现粗俗的扭动，卖弄风骚的色相，追求掌声的噱头。谭娜的舞姿，飘带的挥动，其节奏与形式，是完美的。

神色的波动，身段的多姿，绸带的翻飞，各呈异色，各有节奏。既段落分明，又余绪不断；既彼此有别，又浑然一体；如山涧清流，分合不绝；如天籁行空，既隐又现；如侠客神剑，动静交融。综合导演之安排与演员之表述，是绸带舞蹈，但绝不是只见绸带不见人形的红绸舞，而是以人为中心的精神跳跃。有了导演的功力，促成了表演的美妙；有了空灵的自觉，才有了无得无失的神态。

2007 年 4 月 30 日

记向奎同志

向奎同志是我的老同学，20 世纪 20 年代，我们同在车轴山中学读书，他是我的上一班。车轴山中学毕业后，他考入北京大学历史系。毕业后，曾到日本东京帝国大学留学，抗日战争爆发后回国。

我跟向奎同志不但在中学同学，在北京念书时我们也时常在一起。1936 年在东京学日文时，我和他住在一起，一同做饭吃。只是抗战之后，我在前方抗日，他在大后方教学，直到全国解放，我俩才重新会面。

他是一位不折不扣的学者。在中学时，他是名列前茅的好学生；在大学时，他是潜心治学的学生。他生活中除了读书之外，很少别的爱好。看京戏是他唯一乐趣。

他不参加政治活动，专心读书，这不是说他不关心政治。1936 年绥远傅作义军收复了汉奸占领的百灵庙，他非常高兴；汉奸殷汝耕组织了冀东防共自治政府，他痛骂卖国贼。我们在一起时，他经常责骂蒋介石的卖国行为。但是他有自己的志趣：抗日是必须的，保存中国文化传统也是必须的，前方要有人抗日，后方要有人教书与读书。他担起了战火中培育人才的责任。

他治学七十八年，精研历史，经学和训诂学。他治学的特点是：精、深、博。他重视别人研究的成果，取长补短，但绝不随波逐流，人云亦云，对于每个命题必求得精湛可靠的证据，然后确定结论，这就是精。向奎同志研究问题力求其真，追求事物的本质，本立而道生，这就是深。事物都是矛盾的统一，知其一不知其二，或抓住这面，忘掉另一面，持论易陷于偏颇。向奎同志的论证，最善于旁征博引，观察事物的各方面，以窥全豹，一丝不苟，这就是博。

中国典籍文字艰深，既多用通假借之字，又多古有今无之字，非常难读，不易把握古文之本义。这就需要下训诂的工夫。向奎同志主张：通训诂才能识典籍。向奎同志对典籍之研究，有多方面的贡献，就是得力于他的训诂功力。

向奎同志把治学作为生活，精研典籍就是乐趣。他从不追求浮名虚誉，学富而名自重。他住的几间小房，除了厕所和厨房之外，无处摞的不是书，寝室书满屋，客厅书满架，迈步转身都困难，这就是他的生活空间。山不在高，有仙则名。室小包容宇宙，任其自由飞翔。

向奎晚年喜素食。我想他不是因为迷信而吃斋，大概是为了减少胆固醇。临终之前，他没有多住医院。似无疾而终。

2007 年 5 月

后 记

父亲李尔重于2009年12月26日病逝后，在整理他的遗留文稿和藏书过程中，见到了父亲留下的《存照集》和《自选诗集》两部书的文稿。父亲已经撰写好了《前言》，编好了书的《目录》。通过阅读这两部书的文稿，可以见到书稿是于2005年初开始编撰，2008年又进行了进一步的修订、整理。

我们非常感谢武汉出版社彭小华社长、邹德清副总编以及为《存照集》、《自选诗集》两部书出版给予了帮助、支持及付出了努力的所有人士、朋友。我们高兴能在父亲百年诞辰纪念日之前，见到此两本书的出版。

李为民、李亲民

2012年3月1日